U0504692

那十年，是陪护父亲的十年，
也是与父亲告别的十年。

父亲

一个儿子的陪护日记

父よ、ロング・グッドバイ

—— 男の介護日誌

もりた りゅうじ
［日］盛田隆二 ———— 著

姚奕崴 ———— 译

上海三联书店

前言

父亲离世，已经三年多了。父亲终年九十一岁，而在离世前的近乎十年，一直是我在照料他。自从比自己小八岁的妻子先走一步，父亲的生存意愿便荡然无存，很快显露出痴呆症的症状。

据说在美国，阿尔茨海默氏痴呆症（俗称老年痴呆症）被称作"漫长的告别"。当我在中岛京子的短篇集《漫长的告别》里第一次看到这个说法时深以为然，唉，千真万确。

十年间，父亲的阿尔茨海默症缓慢而又无可挽回地恶化下去。父亲一点一点地丧失了记忆，我目睹着他渐行渐远。那十年，是陪护父亲的十年，也是与父亲告别的十年。

正如副标题"一个儿子的陪护日记"，这本书掇拾了我陪护父亲的点点滴滴，同时也一并详细地记述了疾病缠身、七十一岁撒手人寰的母亲，以及同样身患顽疾的妹妹。

诚然，我心中也有过迟疑，将过往的家事昭告天下是否妥当？可是在我看来，一五一十地记录双亲的晚年生活，是唯一能够在记忆中镌刻他们人生旅程的方法，而且我也希望我个人的陪护经验，能够或多或少地对即将要陪护父母或配偶，或正在考虑居家护理和利用护理机构的读者诸君有所帮助。

目录

【第一章】

身为一名护士、

奔忙到病逝前最后一刻的母亲

尽管已经过去了二十年，但是那个夜晚我至今无法忘怀。

吃罢晚饭，我正悠闲地看着电视，母亲打来电话。时间应该已经过了九点。

"小隆，有空的话，能不能见一面？"

"啊？有什么急事吗？"

"电话里不方便说。"

"好，知道了，这就过去。"

"咱们去外面说吧。在家里不好说。"

母亲指定了一家家庭餐馆，挂断了电话。

母亲的声音很阴郁，似乎是有什么心事，我把电话内容告诉了妻子。

"这还是咱妈吗？"妻子一脸讶异。有胆有识的母亲每时每刻都是面带笑容的。这还是我们第一次遇到母亲这样。

虽然与父母和妹妹同住一个城市，可是我这个不孝子只有逢年过节才会回家看看。我已经几个月没有见过母亲了。"在家里不好说"的究竟是什么事？我完全是一头雾水。

驱车风驰电掣地赶到餐馆，母亲已经坐在那里等候我了。

"抱歉啊，这大晚上的。"

我望着母亲深陷的眼窝，脑海里一阵胡思乱想，听了她所说的，这才放下心来。原来是为了配合新颁布的护理保险制度，埼玉县将成立首个由医师协会设立的"川越市上门护理站"，医师协会的会长希望母亲能够作为首任负责人参与筹备工作。

"妈，这不是好事吗？工作虽然辛苦，可是很有意义啊。爸自然是不会同意吧？不过，我支持您。"

很久以来母亲都在市内的医院任护士长，几个月前才刚刚退休。而生于大正时代的父亲，打心眼里认为做老婆的就应该一门心思扑在家务事上，对于年逾花甲仍坚持工作的母亲，他隔三岔五地就会劝说几句。

"谢谢。儿子你能这样说，让我很受鼓舞。"

"是吗？"我啜着咖啡，不好意思地笑笑，然而之后母亲的话却让我目瞪口呆。

"接下来说的事，要对你爸保密。最近妈妈的手脚偶尔会发抖，咨询了专业医生，诊断结果是帕金森病……哎呀，也没什么大不了，这种病发展得特别慢，耽误不了工作。不过，要是让你爸知道了，一准儿让我辞职。所以你可千万要保密啊。"

对丈夫隐瞒自己的病情，却又对儿子如实相告。

我已经永远没有机会知道母亲说这番话时的心情了，但是时至今日，我依然禁不住去想象，当时母亲是怎样默默地计算余生的时日，然后告诉我这个悲壮的决定的。然而那时候我不但对帕金森病一无所知，而且根本没有明白母亲的这份决心。

"您出去上班，总比整天在家听我爸絮絮叨叨要舒服一些嘛。"

我嘻嘻哈哈地给母亲打气。为人子已至不惑之年，竟如此稚拙无情。不过话说回来，只要父母安在，孩子年龄再大终归也是孩子。

"我只是高小[1]毕业，那个岗位力不从心呐。"

母亲虽然嘴上牢骚不断，一会儿是要交给埼

1　高小，即高等小学，又称高等科，日本明治维新后至第二次世界大战爆发前的学制之一，非义务教育制度，相当于现在的初中一年级和二年级。

玉县政府的材料太复杂，一会儿又是筹备时间捉襟见肘，但是在之后将近三年的时间里，她为了设立这个上门护理站四处奔走，护理保险制度实施以后，又是向使用者递送护理等级通知，又是拟订、完善护理计划，加之国家迟迟没有明确护理费用，工作一团乱麻，忙得是团团转。

"快要没有信心了。"

母亲曾专门打来电话，向她的儿子诉说这些烦心事，出于担心，我回家探望，可母亲却是眼里充满光。

"小隆，能不能教我用电脑？"

本以为是文档编辑，结果母亲是想要修改会计软件，让它更好用，提高工作效率。母亲看我也无能为力，心里的不甘都写在了脸上。

当时我刚刚从工作了十八年的公司辞职，改行做了一名职业作家。一直在月刊杂志上连载一部名叫《直到夜的尽头》的长篇小说，但是仅凭这一本小说的稿费显然无法养家糊口，所以有什么稿子就接什么稿子，勉勉强强算是一个撰稿人。

究竟做小说家能不能走得远，从公司辞职算不算一次失败，这些担忧时常从心头掠过。恰好在这样一个阶段，反倒是母亲的干劲激励了我。

"嗳，有约稿吗？还能坚持吧？"

母亲惦记儿子的事情总是比对自己更用心。

"这个，眼下还凑合吧，勉强撑得下去。"

距离那次深夜在家庭餐馆得知母亲病情的三年后，从外表上看母亲还是老样子。因此尽管帕金森病是一种痊愈可能性微乎其微的疑难杂症，但是我却没有特别深的感触。

可是，就在上门护理站成立一年多之时，母亲的病情迅速恶化了。手脚颤抖得愈发厉害，走路也只能一步一挪。或许母亲也意识到了，在她全身心投入的居家护理支援事业中，自己从护理的一方，变成了被护理的一方。终于，她决定辞职。

之前母亲一直在川越市区的神经内科专科医院就诊，但是由于病情加重，医院建议她去御茶水的顺天堂医院治疗。顺天堂医院的脑神经内科号称是治疗帕金森病的权威。此后每月两次，我开车带着母亲去顺天堂医院看病。心想这是最后的希望，于是特意挂了大学教授主治医师的号。

我们要去医院了，出发之前向父亲打招呼，他却回道："我就不用去了吧。"

"没想到这人这么铁石心肠。"母亲抱怨道，我无言以对。

母亲经常半夜咳嗽，喉咙阻塞，呼哧呼哧地喘气。

"烦死了，让人怎么睡觉！"

"别这么说行吗！"有一次听到父亲抱怨，我出口顶撞。

"我妈生着病，晚上睡觉的时候可能会突然喘不上气。那感觉难受得很。"

"我哪知道你妈啥时候成这样子了。"

看着惊慌失措的父亲，我气得浑身发抖。

"爸，我跟您说了多少遍了！"

他拒绝面对母亲严峻的病情。那时候我对于父亲的所作所为曾大动肝火，但是如今想来，父亲只是不想接受母亲患上了不治之症这个事实。

很快，母亲的四肢萎缩了，需要请人上门帮助洗浴，每周两次，然而每次工作人员到家，父亲不但一声不吭，甚至还逃避似的钻进卧室。父亲一贯大男子主义，在家里说一不二，可是晚年生活却片刻离不开母亲的照料，极度的惊恐和不安造就了这种近乎冷漠的表现。他从来没有想过，母亲会先他而去，留下他自己孤身一人。

那段时间，经上门护理站的护理专员同事劝告，母亲多次入住市区的老年人护理保健机构"望苑"，接受短期理疗。

"也没人烦我了，吃得也好，还能洗澡，很舒服呢。"说起来时母亲总是笑盈盈的，不过每次为期一周的理疗结束，我去接她，她都会左一句右一句，询问独自一人在家的父亲的情况。"我不在，那老头子什么也干不成。"

　　虽然母亲保持着乐观的心态，但病情恶化之迅速，就连主治医师都难以相信。一天，我像往常一样开车带母亲去顺天堂医院，而医生的建议则是入院治疗。这距母亲从上门护理站辞职，仅仅过去了四个月。

　　不过，即使住院了，母亲依然信心十足。面对几乎不可能治愈的顽疾，母亲咬牙进行着痛苦的康复训练，坚信总有一天会出院。她的坚韧和努力，让负责的理疗师都大为惊叹。

　　那是住院的一个月后。主治医师把我叫去，告诉我说考虑到母亲目前的病情，必须需要打开喉咙插入气管，希望我能够把这些情况转达给她本人。

　　一旁的父亲神情恍惚，医生的话他根本没有听进去。无奈之下我只好自己把事情告诉了母亲。那时候我还没有意识到气管开口的严重性，可是曾经做过护士的母亲却一清二楚，这意味着她需要使用维持生命的装置了。

　　"是医生这么说的吧？"

　　母亲紧紧握着我的手，大滴大滴的眼泪落了下来。

　　"既然这么不情愿，干脆回家吧。住什么院！"父亲突然发火了，嘴里胡言乱语。

　　"你说的是什么话！"母亲责备道。

　　原本母亲说话就已经有些费力，插上气管插管之后，彻底说不了话了。

　　"想、吃、梅、干"

母亲用手指着写在一张厚纸上的五十音，一个音接一个音地指着同我对话，然而手指也抖动得越来越厉害，很难明白母亲想要说什么。

"回、去、吧、谢、谢、你、这、么、晚、还、陪、着、我"

这样一句简简单单的话，需要花五分钟时间来理解。

"没事，探视时间还有半小时呢。还有没有什么想让我做的事？"

说罢，母亲指了几个音，"我、累、了"，叫来护士帮她躺下。母亲虽然已经无法独立进食，但是似乎握力没有下降，躺下之后手中还攥着一个小握力器。

如果换上可发音气管套管，那么将来一定还能说话，母亲对着五十音图，一个音一个音地指着对我说道。即便除了吃饭和上厕所会用轮椅之外，她终日卧床不起，但是直至最后一刻她也从未放弃希望。

然而,命运是残酷的。插上气管套管的三周后,母亲停止了呼吸。

"要死一个的话,让我死多好啊!"

父亲红着眼眶,然后不分青红皂白地叫喊道:"都是护士喂水给呛死了!"

"爸,不是那样的。主治医师不是解释过了嘛,您没听见吗?"

不管我怎么说,父亲仍旧反复念叨着"都是护士喂水呛死的"。母亲在病房里被喂了一口水,几分钟后,她的心脏停止了跳动。

二〇〇二年一月二十二日。享年七十一岁。

"你姥姥叫她去的。"

守灵那天晚上,这句话身旁的小姨重复了很多遍。

"'别受那个罪了,早些来这边吧。'是你姥姥叫她来着。"

我知道我的姥姥同样死于帕金森病。但是守灵那天晚上我才第一次得知，原来姥姥的祭日也是一月二十二日，辞世时也是七十一岁。

当一个偶然连着又一个偶然，人理所当然地会把这看作一种"无可避免的命运"。

如果这一切是一部小说，那么凭借虔心祈祷的连锁的"偶然"之力，母亲或许可以奇迹般地死而复生。不，至少可以在她撒手而去的三周前，让她迸发生命最后的华光。可是，母亲抽中的"偶然"是冷酷无情的。神明精心编排的情节无可撼动，母亲再怎样坚强，也永远无法违背作者的意愿。

【第二章】 → 母亲走后，
丧失生存意愿的父亲

　　举行母亲葬礼时，父亲尚且能够打起精神，然而待到四十九天法事结束，骨灰安放停当，父亲却仿佛一下子失去了生存的意愿，整日窝在客厅的沙发里，几乎连大门都不出，腰腿功能迅速退化。经常是十分钟之前刚说的事情就忘得一干二净，屡次提醒也不按时刷牙，口臭非常严重。

　　每次看见这样的父亲，我都觉得既可怜又让人难堪。假如走的是父亲，母亲孤身一人虽然会伤心难过，但是绝对不会失去生存的意愿。不仅如此，或许母亲摆脱了父亲的束缚，还会迎来人生的第二次春天。

"对不起了。我死了以后，你爸、纪子，都要交给小隆你了。他们我是真的放心不下……"

这些话，母亲生前，在医院的病床上重复了不知道多少遍。

"妈，瞧您说什么呢。不是要好好恢复身体，等着出院吗？最近我发现一家温泉旅馆，里面租用的露天浴池，轮椅也可以进去。等您出院了，咱一家子一起去。可都盼着呢。"

尽管我嘴上和母亲这么聊着，心里其实万分忧虑，不知道自己能不能扛得住今后压在肩上的重担。

忧心忡忡的原因有两个，父亲，还有妹妹纪子。

父亲曾是国家公务员，在气象厅就职，但是在家里却是个甩手掌柜，不做、也不会做家务活。除了书法和钓鱼，对其他事物一概没有兴趣，退休之后连鱼也不钓了，基本上是闷在家里。当时，只有五十来岁的母亲在一家可以步行上下班的医院里担任护士长，精神抖擞地工作，然而面对这样的母亲，父亲却动辄大吼大叫，让母亲辞职回家专心做家务。

那还是母亲去世的五六年前。我拿着新发表了小说的杂志回父母家，结果一拉开玄关门，我就惊呆了。走廊里摆满了湿透了的被子，父亲正对着母亲破口大骂："都怪你这老婆子！"妹妹把自己关在二楼的房间里，连楼都没有下。

一问缘由，我更是无话可说。原来那天母亲把被子和衣物晒在外面之后就去上班了。本来打算午休时回家收衣服，结果突然送去一个紧急患者，根本脱不开身。两点过后发现下雨了才急急忙忙往家赶，到家一看，阳台上的衣物随风飘荡，被子还是老样子丢在那儿，也没人收。妹妹在自己屋子里一副事不关己的样子，父亲则是明明听见雨水打在被子上，依然坐在客厅的沙发上一步没动。

可能是父亲心中偏执地认为，家务活一律是妻子的分内事，所以日光灯坏了他也不修（当然也可能是不会修），就在昏暗的房间里干等母亲回家，既没有用水壶烧过水，也绝不会亲自泡茶。他连吸尘器都弄不明白，洗衣机就更不用说了。

然而他的个性偏偏又容不得家里乱七八糟。等到了周末，平时工作繁忙的母亲想要一口气看看这一个星期的报纸，这时候他又手脚麻利地用绳子把报纸扎成捆送去当废纸回收了。

母亲常常抱怨说，同这么一个人一天到晚抬头不见低头见的，想想就让人堵得慌。她患上帕金森病后，前期症状较轻时依然坚持在护士岗位工作，一方面是因为她对工作的热爱，另一方面也是为了确保有一些自己的时间，不受父亲的约束。

我曾对这样的父亲怀揣着一种强烈的憎恨，

但是每当看见父亲泪眼婆娑地对着母亲的遗像哭诉"我一个人闷得慌啊，你怎么就走了呢"时，不仅过去的恨意烟消云散，甚至还感到几分怜惜。父亲直到失去了母亲之后，才明白自己一直以来对这个比自己小八岁的人是多么依赖。

下一个，是我妹妹的问题。母亲去世十年前，妹妹就被诊断为精神分裂症了。难以想象母亲的生活有多难熬。

有一次，妹妹住进了东京市的精神病院。当时住了一个月左右便出院了。主治医师诊断说，如果坚持服用抗精神病药，那么能够保证正常的日常生活，于是妹妹就定期在川越市的另一家精神病院复查。

可是当见到出院的妹妹时，我愕然失色。她自己根本没有自知力（自己意识不到自己患有精神分裂症），出院后不愿意定期去医院复查，而是把自己关在屋子里。明明没有自知力为什么还要让她出院，对此我始终耿耿于怀，然而既然主治医师这么诊断，也没有其他办法。

最初的三个月，母亲还会强行把妹妹拖到医院做检查。但这实在是太麻烦了。从第四个月开始，母亲就一个人去医院，详细描述自己女儿的病情，然后开方拿药。而且母亲还要想方设法哄着妹妹把药喝了，有时候好说歹说也不肯喝，母亲就只能把抗精神病药的药水掺进咖啡或者味噌汤里（这就是常说的"秘密投药"，当没有自知力的患者拒绝治疗时，可以作为患者入院治疗之前的缓解方式，精神病科医生会事先将药品的副作用等信息告知家属，在一定条件下是一种合法的治疗方法）。

这种状态持续了十年之久，直至母亲住院，去医院拿药、让妹妹喝药的责任才落在了父亲身上。当时父亲在大概半年前突发轻度脑梗，他每个月都要去一次医院拿自己的药，所以顺便把妹妹的药也取了。因此也没有给他增加负担。

妹妹每天早晨都会下楼去厨房，煮上满满一壶咖啡。然后父女两人喝咖啡，吃烤面包片，接着妹妹再回到二楼她自己的房间。早餐后咖啡壶里还能剩下大约三杯的量，父亲就把药水滴在壶里。这是他每天的任务。妹妹喜欢喝咖啡，一上午就能把那一壶喝光。

"你爸没问题吧？不会忘了吧？"

躺在医院病床上的母亲始终放心不下。

"唔，没问题。前两天我去问了问，我爸确实去了医院，药也给妹妹喝下了。您就放心吧。"

"要是一天不喝，她的精神状态就会很不稳定啊。"

"我也没办法每天回家，不过最近我一直给我爸打着电话，都确认过了。妈，您不用那么担心。"

类似的对话一直持续到母亲离世之前，可就在母亲走后两年，她的担心真的应验了。

"那个啥，可能是我有些多嘴了，但是我实在是担心呐……"

一天，父母邻居家的一位老太太给我打来了电话。她应该是专门从电话本上查到了我的电话号码。

老太太告诉我，我妹妹突然跑到她家，一边把存折和印章拿给她看，一边还说"这些钱是我妈给我存的，日子我一个人也能过得下去。您老人家就放心吧"，说话时的模样就好像要一了百了似的。

我扔下写到一半的稿子，飞车驶向父亲家。难不成妹妹没有吃药？最近一直借口忙于工作，没有坚持给父亲打电话确认，事到如今自责不已，连肠子都悔青了。只有见到父亲，才能知道到底妹妹有多长时间没有服药了。一想到她拿着存折的怪异举动，我就禁不住后背发凉。

一到家，我立刻边喊边找妹妹。结果她还像往常一样在二楼自己的屋里，并没有出去。父亲坐在客厅的沙发上，正悠闲地看着电视。

"爸，我跟您说点正事。"

刚一关电视，父亲顿时勃然大怒："你小子慌里慌张的这是闹哪一出！"

"爸，我错了，您先别生气，冷静一下，求您了。"

我费了九牛二虎之力想要劝住父亲，但是父亲依然是怒气冲冲的。

父亲原本就性格易怒，母亲去世以后，他和妹妹两个人相依为命，脾气更是一点就炸。

"哎呀，爸，您听我说一句呗。邻居给我打电话了，跟我说的事儿很吓人，所以我才赶忙跑过来了。"

之后我把老太太对我讲的事告诉了父亲，然

而父亲的反应却出乎我的意料。

"这个嘛，是有这么一回事。你妈一直用纪子的名字存钱。可能她知道以后高兴，跑邻居家显摆去了。"

"喂，爸，再怎么也不能把存折拿给别人看吧，连金额都告诉人家。什么定期存款多少钱，活期多少钱。正常人干不出这种事吧？"

"哎，你说啥？连你小子也说纪子不正常！亏你还是她哥。"

父亲怒不可遏。我不由得担心，会不会父亲因为整日和患有精神分裂症的女儿在一起，自己的精神也受到了影响，失去了正常的判断能力。

"爸，抱歉啊。我只是担心纪子而已。"

我说罢等待父亲消气，然后又开口道：

"药一直都让她好好喝着呢，是吧？"

父亲一脸木然。

"每天早晨，有没有把药水兑在咖啡里，让她喝了？"

保险起见我又问了一遍，然而父亲只是稍稍皱了皱眉。

我抓着父亲的手，把他拉到厨房，检查餐柜抽屉。在老位置并没有发现药水。

"您去医院拿纪子的药了吗？"

"什么药？"父亲歪着头问。

"您看啊，您不是每天早晨都要从这个抽屉里拿出药水，然后滴到咖啡里让纪子喝下去吗？"

父亲露出更加匪夷所思的表情，似乎是在说"你小子说什么呢"。

"呐，爸，从这个抽屉……"当我再次重复的时候，父亲终于发火了。

"什么玩意，不关老子的事！"

我连忙给医院打电话。接电话的护士查看了记录，说是三周前确实把药拿给了父亲。那药上哪儿去了？我在厨房、客厅还有父亲的卧室胡乱

翻了一个遍，也没有找到药在哪里。

另一个问题是即便找到了药，也意味着把药掺进咖啡让妹妹服下的任务被父亲忘得一干二净了。这可如何是好？我脑袋一片混乱。正在四处翻找的时候，我忽然发现了药袋，竟然摆在佛坛上。

"爸，就是这个。我要找的就是这个。"

我从纸袋里掏出药水拿给父亲看，他像是被按了开关似的肩头一抖。就在这一瞬间，他什么都想起来了。

"这么一说，是忘了放药了。"父亲小声嘟囔道。

我点了点剩余的药水，还有两周的量。倒推回去，整整这一周，父亲都忘了给咖啡兑药。

我马上倒了一壶咖啡，说道："爸，您往这里面加个药给我看看。"父亲表情严肃地点点头，咔吧一声，用手折断小药水容器的开口，轻轻地把药倒入咖啡。

这时候我如果对父亲说"爸，看来您是想起来了"，那一定是给他添堵。正当我犹豫着不知道说点什么的时候，父亲先开口了。

"放心吧，隆二，不会再忘了。"

"那么从明天开始就拜托您了。"

说完我把咖啡倒进杯子，走到二楼妹妹的房间门口。敲了敲门，没有回音，于是我打开了门。

妹妹在床上和衣而卧，似乎身体不太舒服。闭着眼睛，面无表情。

"我冲了咖啡，喝不喝？"我若无其事地跟她搭话。

妹妹微微露出一点笑意，在床上用胳膊肘撑起上半身，接过杯子喝了一口，嘟囔了一句"真好喝"。

"和爸，过得还行吧？"我想要挑起话题。

妹妹问："什么意思？"

"总觉得他忘性越来越大了。"

"是的呀。最近有一次，午饭吃了好多，结果没过半小时，他就发火了，说怎么午饭还没好。"

我问妹妹是怎么回事，妹妹苦笑着说：

"保温桶里的饭都叫他吃光了，所以他就去烤面包片。结果吃了一口就说饱了。"

"明白了，吃了一口面包，这才发觉自己已经饱了。"

就这么聊着聊着，我似乎都忘记了妹妹是一个精神分裂症患者。对话是那么自然，然而当我瞥见墙角的塑料衣物收纳箱，顿时毛骨悚然。

箱盖没有盖，箱内一目了然，但是所有衣物都是男式的。衬衫、领带、对襟毛衣、休闲裤，乃至男式内裤、U领衫等内衣，崭新的男装塞了满满一箱。我看见了不该看见的东西。这甚至让我产生了一种罪恶感。

"那些，不是给爸买的吧？"

我小心翼翼地问道。妹妹没有回答，只是咻

咪一笑，喝光了杯子里的咖啡，然后一言不发地躺到床上。

"好吧，爸就麻烦你照顾了。"

我招呼一声，便逃跑似的离开了妹妹的房间。

回到客厅，父亲正坐在沙发上抽烟。我也一屁股坐在对面的沙发上，点燃了一支烟。妹妹离过一次婚。结婚前她的精神状况就有些不太稳定了，但当时还不至于去精神科。她对象求婚时很用心，他们婚后生活也很幸福。女儿的精神状态或许能够稳定下来，为此父母还对这场婚姻抱有一线希望。然而，仅仅一年多，这一线希望也成了泡影。

妹妹一直吐露与公公婆婆同住的不满，这导致她的被害妄想症愈发严重，最终发展出了幻听的症状。男方父母亲自把她送到了精神病科，当场确诊是精神分裂症，随即入院治疗。前文也介绍了，当时只住了一个月就获准出院了，但是出院后就收到了对方的离婚通知书，妹妹只好回到了川越的娘家。

母亲生前，我曾听她说起过妹妹去商场买男式服装的事情。

"纪子基本上不出屋，自然也没有什么合得来的人。可能是给以后再婚的对象买的吧。看她高高兴兴地抱着手提袋回来的样子，心里真不是滋味……"

母亲边说，泪水边在她眼眶里打转，可是后来妹妹依旧是隔三岔五地就去买男式服装。或许母亲去世后，少了一双监视她的眼睛，这种解放的感觉让她的购物欲变本加厉。妹妹的脑子里究竟在想什么？只要一想到这，我就感到仿佛有什么堵在了胸口。

没一会儿，妹妹从二楼下来。问她是不是要出去，她回答说去买晚饭。

"爸，今晚吃刺身哟。"

妹妹拎着大手提包，说了句"我走啦"，就走出了玄关。她的举止很自然，这很反常。

话说回来，再不回家把稿子写完，就赶不上截止时间了，于是我也从沙发上站起身。

"我也走了，爸，从明天开始可别忘了往咖啡里加药。"

"放心吧。忘不了，我都写下来了。"

父亲指了指日历。所有日期下方都写着"药"字，当天日期的"药"字已经画了一个圈。应该是打算从明天开始，每次给妹妹喂完药，就画一个圈。而且因为父亲每天早晨也要吃药，所以妹妹就算看见日历，也不会起疑心。

第二天早上，我给父亲打电话，父亲不耐烦地说道："那个啊，给她喝了。说了不用这么担心，赶紧忙你的去吧。"

看上去这次应该没问题了，我心里的石头也

落了地，后来一段时间也没同父亲联系，到了又要去医院的那天，我再次给父亲打电话。但是，打了好几遍也没人接。终于，打第四个电话的时候，父亲接了。

"刚从医院回来。你有啥事儿？"

"没什么事，就是不放心，想问问您去没去医院。"

"不是说了我去了嘛。"

父亲没好气地说着，然后咔嗒一声挂断了电话。

被父亲挂了电话，我也很上火，但转念一想，算了，自己又多管闲事了，于是苦笑着回到了书房。

实话实说，比起父亲和妹妹，那段时间我满脑子想的都是工作。连载小说临近尾声，却遇到了瓶颈，为了创作绞尽脑汁，与此同时又第一次接到一本小说杂志的约稿，两个月后就要动笔写新的连载小说。其实原定计划是从上一个月开始，但是我向约稿的编辑说明了情况，请他把连载延期了三个月。我只告诉了编辑一个含糊的主题。情节和出场人物完全没有下手，尽管推迟了三个月，但是准备工作丝毫没有进展。

总之还没完成手头的长篇，根本顾不上考虑新的连载。我把自己关在书房，夜以继日地写着小说。

就这样度过了大约两周，给父亲打电话的事也抛在了脑后。忽然有一天，父亲很罕见地打来了电话。我记得是刚过下午四点。

"隆二，我饿了。从昨天起就没吃东西了。"

"什么？爸，怎么回事？"

在电话里也没问出个所以然。我放下笔，走出家门。

驱车赶回家，父亲正枕着被子在卧室里躺着。

"纪子没给我做饭。"父亲说道。

走路几分钟远的地方就有一家便利店，可是

父亲也不去买便当，从昨天早晨开始就眼巴巴地等着女儿下楼。

我三步并作两步上了二楼，打开妹妹的房门。

距上次见面只过了一个月，妹妹却消瘦得吓人。脸颊也塌下去了，手腕细得让人心疼。

"我去买便当，你吃不吃？"我问道。

"吃。"妹妹有气无力地回答道。

我跑向便利店，买了两份便当和杯装的味噌汤，保险起见又买了瓶装粥、梅干和小菜，还买了一斤餐包和半打功能饮料，然后返回家中。

父亲狼吞虎咽地吃着便当。妹妹大口大口地喝着功能饮料，她吃不了便当，我便把粥给她热了热，一点一点送进嘴里。眨眼之间父亲把一盒便当一扫而光，似乎还没有吃饱，于是我对他说道："还有一盒。"

妹妹的精神状况极其不稳定。喝着粥，嘴里还不停地骂骂咧咧。而我也不由得提高了嗓门，跟她吵了起来，一个小时以后，可能是掺在功能饮料里的药水发挥了药效，她的语气终于恢复了平静。

当天那个时间其实医院挂号处已经关门了，但是我还是等他俩吃完收拾停当，自己跑了一趟医院。院长不在，于是我向护士长详细说明了妹妹的情况，费尽口舌，告诉人家如果不马上让我妹妹入院，她可能会有生命危险。"我会转告院长。"护士长说。

第二天早晨九点多，院长直接给我打来了电话，说是希望我能把妹妹带去让他看看。我放下工作，开车回到父母家，然后跟父亲和妹妹说，我要带他们去医院。妹妹脸色一变，不停地问为什么要带她去医院，一句比一句情绪激动。我撒谎说是因为爸和她两天没吃饭，身体虚弱，为了以防万一，提前给他俩预约了体检。

虽然走路就能到，但是我还是开车拉着两人。

院长已经提前打过招呼了，一到医院马上就能送进诊室。接待室一片混乱，还好护士很快就叫到了我们。

检查结果不出所料，妹妹需要住院治疗。但是这家医院没有精神科病房。院长当即给熟识的一家精神病院打了电话，询问对方能否收治。

又过了一个星期，妹妹确定要去市里的精神病院了。在此期间，我每天去便利店打包午餐和晚餐，都是两人份，中午送到家里。

能不能找送餐服务？妻子对我说。诚然，这样能够减轻我的负担，但是在妹妹住院前的一周，我不想节外生枝。

妹妹有没有好好喝加了药水的咖啡？此时此刻两个人怎么样了？一旦开始胡思乱想，工作就干不下去了。我只有每天给两人送便利店的便当，亲眼确认两个人的情况，心才放得下。

妹妹住院那天，院长的照顾得以让护士上门

协助。到医院有三十分钟左右的车程，仅凭我一己之力可能很难把妹妹送到。我让妹妹和护士坐在后排，让父亲坐在副驾驶位置，然后发动了车子。护士紧紧挽着妹妹的胳膊，以免她突然拉开车门跳出去。

两个小时之后，各项检查结束，手续也办妥了，妹妹住进了封闭病房，而父亲也开始了独居生活。

【第三章】

与护理专员商量
父亲的护理问题

父亲已经八十一岁了。在这个年纪能够独自一人生活，独自去超市购物、自己烧菜做饭的男人并不少见。然而，据我所知，父亲从未踏入过超市半步。至少在以前，他既没有用过自动提款机，退休之后也没去银行取过钱，所有事情统统甩给母亲。母亲去世以后，是精神状态不稳定的妹妹拿着银行卡去买这买那，这也是我的担忧之一。

我最放心不下的，就是怕这样的父亲照顾不好自己，可是父亲却拍着胸脯说道：

"这点小事儿，你就放心吧。反正纪子要不了多久就出院了。你这小子就是天生心事太重。"

妹妹要不了多久就能出院。这事根本无从谈起，纯粹是父亲异想天开。

头等大事，就是给父亲准备一日三餐。我在网上查到市里有几家专门提供老年人配餐服务的公司。菜单都大同小异，但其中有一家公司的主页上醒目地写着"配送餐食并确认客户身体状况"，于是我决定选择这一家。马上给对方打电话，预订每天中午和晚上两餐的配送。

对方介绍说，午餐每天在上午十点半至十二点之间配送，晚餐在下午四点至五点半之间配送，如果客户不在家，还会在当日送餐结束后进行二次配送。如果二次配送时依然不在家，就会把便当打包好，放在玄关外的指定位置。下次配送时回收使用过的餐具。

原则上应当面送达，因此如果未能见到本人以确认其安全，公司则会立刻联络紧急联系人，也就是给我打电话。支付采用提前购买餐票的方式，每次送餐时给送餐员一张餐票即可。

感谢了对方的详细介绍后，我挂断了电话，然后马上在 A4 纸上用马克笔大大地写上了送餐时间，贴在客厅日历旁边。

"爸，这些时间段有人送餐，您就别出门了。"

父亲听到后，瞄了一眼 A4 纸，嘟囔道："出什么门哟。我又没地方可去。"

"那明天上午十点半到十二点之间就来送午饭了，您记得来送饭的时候把餐票买了。"

随后我给父亲讲解餐票是怎么一回事，但他却是充耳不闻。

至于早餐，每周一次，给父亲买上一斤餐包和纸盒装咖啡，再买些水果之类便绰绰有余。如果父亲想喝热茶，他自己也会慢慢地学着烧开水吧。我心里对于父亲，多多少少有些放任自流的意思。

一日三餐的问题解决了，接下来，我给母亲工作过的上门护理站打电话，因为护理站同时还开设了居家护理支援中心，其中的护理专员森见是母亲过去的同事。

　　森见不但了解妹妹的病情，还在母亲的葬礼上帮忙接待来宾，当时曾对我说过"如果有什么难处，随时找我"。也是承蒙这番好意，我才找到了他。

　　我长话短说地向他介绍了家里的情况，表达了我对妹妹住院后父亲独自一人生活的忧虑。森见听罢，建议我先去申请护理保险。他指点我说，眼下虽然没有到需要协助进食和如厕的程度，不过护理保险也提供保洁、洗衣、餐饮等日常生活方面的援助服务，要去市政府的护理保险科领取申请书，早点办手续。

　　"没什么事，爸，我就先走了。"

　　话音刚落，父亲突然一脸焦虑。"隆二，那我晚上吃什么?"

"我,就,说,吧,"我不耐烦地说道,"刚刚不是说了吗,今晚的便当我放在厨房了,用微波炉热热吃。明天早上的面包我也放在厨房了。从明天中午开始就有人送饭了。刚才也说了,别忘了买一万元兑换便当的餐票呀。钱我已经放在这个银行信封里面了。"

我指了指餐桌上的信封,父亲赶忙抓在手里,点了点头。

我离开父亲家,回家途中顺道去了一趟市政府,领取了护理保险申请书,也听了相关说明。手续比我想象的要简单,填写申请书上的必填事项,附上父亲的保险证提交即可。此外,虽然还需要由父亲经常问诊的大夫出具父亲身心状况的意见书(主治医生意见书),但是只需在申请书上写上医生的名字,市政府便会代为办理。

据说，这份申请受理的几天后，市政府的办事员会上门了解父亲的情况。而后会在申请后的三十天内，结合家访和医生的意见书，认定父亲的护理等级，并通过邮寄的方式予以告知。分为需要支援者1级、2级，需要护理者1～5级这七个阶段，以及不符合护理要求者。一旦父亲在这一阶段被认定为无须护理的"不符合"结果，那么将无法使用护理保险。

第二天我便匆匆将申请书的必填事项填写完毕，递送到了市政府。而后很快便接到了市政府办事员的电话，与我预约家访的日期。我调整日程安排，把家访日定在了一周后的下午一点，保险起见我又给森见打了一个电话，把这件事告诉了他。

"感谢来电。盛田先生是想让我做护理专员吧？家访那天，我也会到场的。"

"真的吗？那今后麻烦您多多费心了。"

我连忙道谢，也是在这个时候我才意识到，原来想要请森见做护理专员需要发出正式邀请。

得益于母亲曾从事护理工作，母亲的同事主动承接了父亲的护理专员一职，不过即便没有熟人相助，想要找一位护理专员也并非难事。

市区町村各级政府的护理保险科或地方综合支援中心都会向前来咨询者提供护理专员名单。护理专员大多隶属于居家护理支援事务所、护理服务企业、特护老人机构、老人护理保健机构和护理疗养型医疗机构。只需给临近的居家护理支援中心致电，向对方介绍自家情况，对方便会介绍护理专员，给予热情的回复。

家访当天，我也回到了家里，尽管已经向市政府负责此事的办事员介绍了父亲的日常状况，但我还是心里打鼓，生怕我不在场会发生什么意外。果不其然，不管市政府的办事员问什么问题，父亲的回答都是同一句话。

"行了行了。我一个人啥都能干，没啥问题。您就别操心了。"

森见想要帮父亲打圆场，问我说："您觉得您父亲的情况怎么样？"

于是我便开口介绍父亲的情况。自从母亲离世，父亲几乎足不出户，一天到晚窝在沙发里，腰和腿脚都很不灵便。前些天我叫他一起散步，连拖带拽地把他拉到了外面，可是刚走了不到一百米，他腿就疼了，只得原路返回。走起路来也是摇摇晃晃，为此还买了拐杖，但是由于几乎不出门，拐杖也不怎么用得上。

父亲似乎觉得他儿子这是在向外人说他的坏话，全程黑着脸，但是如果不如实相告，就无法得到准确的资格认定。

吃饭是使用了送餐服务，所以这方面应该没有特别的问题，我接着说道。目前大小便也没有困难。但是最让人担心的问题是健忘。比如他虽然能够自己洗澡，但是有时候穿衣服会把顺序弄错，先穿短裤，然后又把内裤穿到短裤外面去了。此外，本来存折、保险证之类的重要物品都是放在固定的地方，但是父亲时不时地会换个地方，放完却又忘得一干二净，结果前几天我们父子俩把家里翻了个底朝天。他的本意是想把贵重东西藏到不容易被人找到的地方，可是一旦他忘了放在哪儿，那可真是够受的……市政府的办事员边听边点头，把我所讲的内容一一记录下来。

之后大概过了三个星期，认定结果寄来了。父亲被认定为"需要护理者1级"。没过几天，森见便送来了根据这一认定等级制订的护理方案。

按照方案，护理员会每周两次上门提供保洁、洗衣、做饭等援助服务。或是每天使用老人护理保健机构提供的日托服务，由专人照料饮食、洗浴。然而父亲一概回绝。他说自己能洗衣扫地，为什么要每天去那种地方。

　　我早料到父亲会是这种反应，森见也笑着说"护理方案总归有用得上的时候，届时可供参考嘛"，当天唯一保留下来的护理项目，只有每周四次的餐饮补贴。

　　由于父亲拒绝护理员登门，所以只能是我每周回去两次，打扫卫生洗衣服。周末妻子会和我一同回去。妻子是全职工作，只有周末才有空。

　　最让妻子震惊的是父亲胡子拉碴的脸，以及和"干净"二字毫不沾边的衣着打扮。

　　过去，父亲是一个十分讲究的人，就连我妻子也曾赞叹说"爸可真时髦啊"，然而自从妹妹住院，他就彻底闭门不出，从早到晚就穿着那一套运动衫，衣服裤子上到处都是饭渍，他也毫不在意，甚至洗澡以后连内裤都不换。

　　"爸，您的内裤我给洗了，换上这个吧。"

给他把置备的新内裤和U领衫拿出来，他却一口回绝："不用，我刚换过了。"

"您是星期三换的。今天可都是星期天了，您已经四天没换过内裤了。"

"真烦人。我一会儿再换，你先放那儿吧！"

"哎呀，爸，我现在要拿去洗，您赶紧换了行不行！"

我不由自主地提高了嗓门。每次等到父亲心不甘情不愿地换了内裤，再说出一句"隆二，真舒服嘿"的时候，我都已经是身心俱疲了。

然而好说歹说，总算是换下来的内裤上，却又沾满了大便。我可没有魄力去洗这种内裤，于是把内裤塞进垃圾袋，扔进可燃垃圾桶。

这一边照顾父亲费尽九牛二虎之力，而另一边妹妹又不停地用医院的公用电话给我打电话。

"为什么要把我关在这里？我什么时候才能出去？"

"哎呀，纪子，很快就能出院了。你就把这次当成是给人生放个假，好好休息休息嘛。"

"可是很憋得慌。有时候想吃点蛋糕什么的。"

"最近我刚刚在护士那里放了一万块钱，是给你的零花钱。你要不问问护士能不能帮你买吧。我在医院问讯处问过了，允许购物。"

"但是买东西只能买牙膏、肥皂之类的东西。让他们买速溶咖啡和点心来着，可是顶多是百奇饼干和仙贝，不给买奶油蛋糕。"

"纪子呀，眼下我工作都忙不过来。昨晚差不多又工作了个通宵。你能不能行行好？"

"我同病房的人，她家里人经常来看她。我羡慕得都要哭了。"

接连好几天，她都会打这样的电话过来。有的时候被她搅和得无心工作，一怒之下还会把电话切换到录音模式，然而听着录音里妹妹令人心碎的倾诉声，我又羞愧得无地自容，这又不是她的错，我又何至于此，于是每当工作告一段落，我就会开车带着父亲一起去医院看望妹妹。

护士把钥匙插进锁孔，打开了铁质的大门。前脚踏进封闭的住院楼，身后的大门便訇然作响，旋即关闭。走在昏暗的走廊上，又是不知何处隐隐传来的患者喊喊喳喳的说话声，又是冷不防有女人发出的响彻走廊的尖叫声，还有几名患者像赛跑似的，闷着头在十几米长的走廊里往返跑着，让人感到莫名的烦躁。

在食堂的一个角落，我们与阔别已久的妹妹相见，三个人分吃带来的奶油蛋糕。

"真好吃，真好吃呀。"妹妹边吃边激动地说道。吃完蛋糕后却面面相觑，无人说话。明明在电话里喋喋不休，可不知为何在医院里却是沉默寡言。

"像蹲班房似的。太可怜了，纪子，很快就能出院了呢。"

父亲说完，妹妹哂笑着，摇了摇头，像是在说这种瞎话可骗不了我。

我就在这样的日子里拼命挣扎，终于坚持到了连载小说的最后一章。然而，新约稿的连载小说还全然没有动笔。

一天，我给编辑打电话，请求取消新的连载小说。编辑大为震惊，直接飞来川越。编辑听我声泪俱下地解释自己是如何为了父亲和妹妹而焦头烂额，根本无暇构思新的小说之后，说道："我了解了。遇到这种情况，确实无可奈何。"他还鼓励我说："盛田先生，务必要保重身体啊。"

几天以后，我收到了最新一期的杂志，上面的下期预告依然刊登了"本刊首发！盛田隆二的新连载小说开始！"时至今日，回想起与我面对面坐在川越站前咖啡馆、一脸凝重的编辑，愧疚之情便涌上心头。

妹妹已经入院半年，但是出院之日仍是遥遥无期。父亲一天到晚坐在沙发里，要不就是看电视，要不就是开着电视在那打盹。有一天，我回家探望父亲，瞥见丢在院子里的一样东西，一时不知该作何言语。

那是父亲曾经珍爱有加的天然石砚。父亲在气象厅就职的五十年来，研习书法，未曾间断，然而母亲去世之后，他便再未研过磨，也没有提过笔。可是又何必把昂贵的砚台扔在院子里呢？

追问缘由也是徒劳，父亲肯定不会回答。我捡起砚台，用水冲洗掉粘在上面的泥土，用干毛巾小心擦拭之后，走进父亲的卧室。案几一隅是书法角。我默然地把砚台放回到书案上。

一天，我接到一通从医院打来的电话。

"您是盛田先生吧？您父亲在邮局摔倒了，已经被紧急送到我们医院了。"

"那个，人怎么样了？！"

我心急如焚地问道，电话里女人的声音却很从容，回答说：

"马上就包扎好了，您父亲的意识很清醒，这个电话号码也是他告诉我的。方便的话您把保险证拿过来吧。"

"非常感谢。我马上就到。"

我驱车直奔父亲家，找到父亲的保险证。虽然又被他换了地方，但是就在佛坛的香炉旁边，一找就找到了。

抵达医院，穿过正面的自动门，扫视大厅。只见父亲垂头丧气地坐在长椅上，怔怔地望着亚麻地板。下巴上贴着一大块创可贴，头上戴着防止创可贴脱落的医用网帽。

"爸，怎么回事？"

听见我的声音，父亲抬起头来。待到他眼神聚焦，开口说话，已足足过去了三秒钟。

"你太慢了吧。让我好等啊。"

我强压怒气，查看父亲发肿的脸，问道："听说是在邮局摔倒了，到底是怎么回事？"

"这个嘛，我去交寺院的会费。住持专门打电话过来说什么您府上还没有赞助呢，啰里啰唆的。邮局那边，你知道的，大门那儿不是石头台阶嘛。我在那儿绊了一跤，摔得满脸是血，这不邮局的人就给我叫了救护车了嘛。"

父亲讲着，脸一抽一抽，就像个马上要哭出来的孩子似的。父亲在那身运动服外面又套了一件夹克衫。并不是为了防寒保暖，而是怕把沾满了饭渍的衣服露出来丢人现眼。父亲终归还是在意形象的。这多少让我有些欣慰。

很快我见到了主治医师。医生告诉我，父亲头上缝了三针，下巴上缝了两针。

"从 CT 检查结果来看，大脑没有发现异常，如果出现呕吐等症状，要及时联系我。一个星期以后拆线。"

"非常感谢！"

我向医生鞠躬致意，走出诊室。在收银处结算完毕，回头一看，本应该在长椅上的父亲却不见了踪影。慌忙环顾大厅。当把目光投向走廊远处，我看见父亲拄着拐杖，正颤颤巍巍地向卫生间走去。唉，记不得这是我今天的第几声长叹了。

"今天，不好意思啊。"

上了车，父亲破天荒地向我道歉。大概是看到我满脸不悦地一言不发。

"总是让你费心，对不起了啊。真是可怜见的。要是你妈还活着，也不会给你添这么多麻烦。"

父亲战战兢兢地偷瞟着自己的儿子。

"没事，爸，您别把这当回事。"

我轻轻拍了拍父亲的膝盖。

"真是对不起啊。"

父亲反复念叨这句话，抽抽搭搭地哭了。那个冥顽不化、性情暴躁的大男子主义形象一去不复返了。倘若母亲见到这样的父亲，恐怕会惊倒在地。我紧紧握着方向盘，脑海中又浮现出母亲的音容笑貌。

回家以后，配送的便当已经放在了玄关外。因为家中无人，所以便当被放在了密封容器内。这时刚过下午六点，配送员应该是二次配送后刚走不久。我打开门锁，端起容器进了家。

玄关台阶前面有垫脚凳，也安装了结实的扶手。父亲摸索着扶手，走进客厅。扶手是母亲自己托工人安装的，浴室同样改造成了无障碍样式。"钱再多也不够你花的"，犹记当时父亲横眉立目的斥责，可现如今他却享受着母亲带来的便利，也顾不上说三道四了。

"隆二，便当，你吃了吧。我要睡觉了。"

父亲在烟灰缸里掐灭了烟，嘴里哎呀嘿地喊着号，用劲地从沙发上站起身来。

我心想这太阳才刚刚落山，难道父亲一直都

是这个时间睡觉？

"有没有觉得想吐？"我不放心地问道。

"啊，没事。"父亲回答说。

"爸，我回家吃晚饭，便当您就留着明早吃吧。您一准儿早早就饿醒了。我先放冰箱里了，您用微波炉热热再吃。"

父亲脱掉夹克，一如既往穿一身运动衫，钻进摊在地上的被子里。根本没听我说话。我把便当放进冰箱，写了一张"用微波炉热热再吃"的便条，放在客厅桌子上，然后轻手轻脚地离开了父亲家。

意外摔倒的一个星期之后，恰逢拆线那天，森见时隔半年再度造访父亲家，他似乎对父亲的变化感到大为震惊。

"缝了五针，伤得不轻啊。"

"没事没事，多亏儿子精心照顾，您不用担心。"

父亲面色乌黑，像是被烟熏火燎过一般，不论森见问什么，他都摸着脸颊上邋里邋遢的胡须，不停地重复着这句话。

"每周找个一两天，我可以陪您出去走走。您觉得可以吗？像这样整天坐着，也会腰疼的呀。"

"没事没事，您不用担心。"父亲摇摇晃晃地站起身，向卫生间走去。

"您父亲当初是个多精神的人啊。让人有些吃惊。吃东西的时候经常洒出来吗？"

森见眉头紧缩，和妻子一样，都夸父亲原来"精神"。

"是的，父亲的运动服上弄得到处都是。这还是前两天刚给他洗干净换上的。之前市政府办事员家访的时候，给他换上了新衣服，但是今天还是想请森见先生看一看父亲真实的样子，所以特意没有换衣服。"

原来如此，森见点点头。父亲从卫生间回到

客厅，坐进沙发，点燃一支烟。他抽着烟，一口接一口地呼哧呼哧向外倒气。

"您呼吸不通畅吗？"森见问道。

"没有，这个样子啊，舒服得很嘞。"

父亲干笑一声，又呼哧呼哧地喘了起来。

"为了您的身体，烟还是不抽为好。"

森见的话说得很客气了，父亲却摆出一副没听见的模样，仍然抽个不停。

"您记性怎么样？"

"没事没事，多亏了儿子精心……"

"行了，爸。"我稍微抬抬手，打断了父亲的话，"前些天发生了这么一件事。一直以来父亲都在服用预防脑梗的药，可突然他跟我说他忘了这药该怎么吃了，于是我就去向医院咨询。一问才知道，原来药品的服用方法父亲已经问过很多次了。当时告诉他怎么吃，他回答说明白了，可是没一会儿就回来了，又问一遍。据说同一天他跑去问了三遍。"

"是不是换了别的药？"

"这个嘛，我也这么想过，也去问了，但是他们说他始终喝的是同样的药。每天饭后服用两种药片而已。"

我一边说，一边把药袋递了过去。森见看了一眼，记在了笔记本上。

"有没有大小便失禁的情况？"

"所幸暂时还没有。"

"您白天都干些什么呀？"面对森见的提问，父亲一声不吭，只是木然地抽着烟。

"以前都是看电视，"我接过话头说道，"现在好像也没力气看电视了。有时候我去超市买东西想要拉他一起去，他也不去，嫌麻烦。"

"这样啊，不好办呐。"

森见向我投以同情的目光。母亲住院之前接受居家护理支援的时候，森见曾多次前来看望。

然而父亲不但对护理漠不关心，而且反感外人上门，就连助浴员入户服务，他也会给人脸色看。

叮咚，门铃响了。"便当。"父亲嘟囔着站起身。

拿便当，吃完以后把餐具清洗干净，然后摆在玄关的鞋柜上。这便是父亲唯一的工作。

"哎呀！"森见叫了一声。

只见沙发上冒起微微一股青烟。我连忙把烟掐灭。

"爸！太危险了吧！差点着火啊！"

我冲着怀抱便当盒回到客厅的父亲，声色俱厉地吼道。

"你摆出那张臭脸干什么？"

父亲嘴里发着牢骚，抱着便当盒颤颤悠悠地走向餐厅。

"您放这儿不就行了吗？又不是现在就吃。"

我火冒三丈地喊他，父亲只把头扭过来看着我们。他的身体在这个瞬间仿佛失去了平衡，最终身子虽然稳住了，但是怀里的便当盒却摔在了地上，饭菜洒得满地都是。

"爸，您不用管了，坐着吧。"

我拿起报纸和抹布开始收拾，森见也过来帮忙。

"我记得之前森见先生您曾推荐过日托型护理服务。有人照顾饮食洗浴，早晚还有班车接送，是这样的吧？虽然父亲不乐意，但是如果能把他送去，一来我能省不少事，二来我也更放心一些。"

听了我的话，森见若有所思地沉默不语。

"隆二，我肚子饿了。我要吃便当。"父亲说着在沙发上直起腰来。

"刚才不是掉地上了吗？等会儿我就去便利店给您买，您再坚持坚持。"

我不由得提高了声调。

"盛田先生，"森见平静地开口说道，"白天把您父亲一个人留在家里非常危险。他腿脚很虚弱，也没有人监督他用药。更何况抽烟会引发火灾，不能有丁点闪失。是不是可以商量一下把您父亲送到望苑。还是要防患于未然。您母亲曾在望苑进行过短期护理，您还记得吧？"

父亲痴痴地发着呆，似乎没有听懂我们的对话。

"只要申请，"我压低声音问道，"马上就能入住吗？"

"马上恐怕不行，不过前些天我打听的时候，听说虽然四人间没有了，但是很快就会有空余的单人间。下周一我先把入住的申请书给您拿来，您先考虑考虑。"

森见把望苑的宣传册放在桌子上，从沙发起身告辞。

我把森见送到玄关。

"望苑是老人护理保健机构，原则上只能短期入住。如果您妹妹能顺利出院照顾您的父亲，那自然最好，但是如果事与愿违，那么务必要给您父亲找一处最终的归宿。"森见又小声嘱咐道。

"'最终的归宿'？"

"是的，川越市内一共有五家特护养老机构。眼下排队的差不多有九百人，您只能耐心等候了。"

森见说罢，挺了挺腰板，离去了。

这句话的意思就是，"请您等着那九百个已经入住的老人死去"。我目送着森见的背影，刹那间，只感到一阵头晕目眩。

【第四章】▶父亲入住
老人护理保健机构的那一天

老人护理保健机构"望苑"位于距离父亲家三十分钟左右车程的田园地区。妹妹所在的医院从这里还要再走大约三公里。

正逢樱花盛开的时节。透过车窗，怔怔地眺望远方樱林的父亲忽然回过头来。

"那个呀，隆二。我又没得什么病，为什么一定要住院呢？"

"我不是说过了嘛，望苑是护理机构，不是医院。我妈不也在这里住过吗？这还不是因为爸爸您现在一个人生活有困难嘛。您就别让我一遍又一遍地重复了好不好？"

我一边说着，一边向副驾驶座瞟了一眼。父亲呼哧呼哧地喘着气，满脸呆滞，仿佛是被拔掉了思维回路的电源。

这又不是要把父亲送去姥舍山[1]，只不过是寄宿在现代化设备一应俱全的护理机构而已。我自我安慰道。可是看着执拗地抗拒入住的父亲，依然有一种罪恶感萦绕心间。

"爸，您平时都不走动，腰腿都退化了，很容易摔倒，照这样下去，迟早是要卧床不起的。您在望苑做做康复训练，等您身体恢复了，不需要再护理了，也就能回家了。行不行？您可一定要坚持锻炼啊。"

我希望可以以此说服父亲住进老人护理保健机构，但是想要让父亲点头并不是一件容易事。

1　日本民间传说，相传古时候要把达到一定年龄、没有利用价值的老人遗弃到山里，遗弃老人的山即被称为姥舍山。

"今后我每天练习走路，自己去买烟。隆二，不会再给你添麻烦了，这总行了吧？"

"爸，我不是说了嘛，要在望苑才能练习走路。人家有正规的康复室，也有专业的教练。您在家里还东倒西歪的呢，要是在外面摔倒了，又要叫救护车了。万一被车撞了可怎么办？森见先生不也说了嘛，白天留您一个人在家很危险。"

"话是那么说，可那是我的家呀。是我和你妈起早贪黑奋斗出来的家呀。哪有把人从自己家里赶出去的。那还不如让我一死了之。"

"爸，您别说这种晦气话。"

在望苑认定会议正式决定让父亲入住之前，类似的对话就从未间断过。

入住之前还需要提交体检报告。我带着父亲去往医院，拍了 X 光片，验了血，随后拜托主治医师，请他在问诊的时候劝劝父亲。主治医师平素是一个气定神闲、少言寡语的人，这时候却骤然变色，一脸严肃，双手紧紧握住父亲的手。

"盛田老爷子，作为医生我要跟您讲两句。您现在这个身体状况，一定要住在护理机构。您就去望苑吧，好不好？您听明白了吧？"

父亲像是被吓着了，猛地一激灵，睁大眼睛说道："这样啊，必须要去啊。"然后便一下子泄了气。

通过一座大桥，望苑很快映入眼帘。这是一座白色的三层建筑，精心修剪过的花坛花团锦簇、五彩缤纷。我把车停在停车场，两只手拎着塞满父亲换洗衣物的旅行包和手提袋，催促父亲向大门走去。一个坐在轮椅上的老人正在员工的陪同下给花坛浇水。

父亲弓着腰，拄着拐杖，蹒跚而行，每步只能挪动十厘米。走进自动门，来到前台，护理顾问柿沼站起身来。

"恭候您多时了，您这边请。"

上个星期签订入住合同的时候，就是柿沼为我介绍的这家机构。

一楼内部空间的设计像是一个开阔的聊天室，很多老人坐在椅子上，举起双手，活动手指，正在做体操。我本以为这些都是入住者，但柿沼介绍说他们其实是来日托护理的。

二楼是普通护理楼层，三楼是老年痴呆症的专用楼层。患有老年痴呆症的入住者不允许随意搭乘电梯。三楼还安装有密码锁。

乘电梯来到二楼普通护理楼层。服务站站台后面是几名正在忙碌的员工。

"您父亲的药我先帮您收着吧。"一位女员工说道。我从包里掏出药。入住指南上写着"入住首日请准备不少于四个星期的药品"，但是直到前一天晚上我才想起这件事，今天早晨匆匆忙忙地在医院拿了药。

"初次见面，我是护士中野。我带您去房间吧。"

中野是一名年轻的男性员工，看上去只有二十来岁。

"中野君是护士，不是护工，对吧？"我确认道。

"是的，可能对于家属来说很难弄明白，望苑一共有十五名护士和大概四十名护工。比方说管饲营养（利用体外插入消化道的插管向使用者供给流质食物）、吸痰，这都是护士的工作，护士和护工相互配合，共同照顾各位入住者。"

"明白了，麻烦您了。"我说着，走进了宽敞的大厅。

大厅井井有条地摆放着两列桌子，一列是八人桌，一列是四人桌，老人们零零散散地坐在桌边。或许是难得见到新的入住者，他们都把目光投向父亲，但是并没有一个人吭声。

大厅角落有一台大电视，旁边是长椅和报刊架。

"是在这里吃饭吗？"我问道。

"是的，就在这里。"中野回答道，他指着八人桌旁的一个座位，"这就是盛田先生的位置。"

上面已经摆好了用油性笔写着的"盛田"的名牌。

走到大厅尽头，过道两侧便是宿舍。父亲是单间，二四二号。

打开门，走进房间。面积大约有八席[1]大，床在窗边，并排就是壁橱，有一张铁制书桌。洗漱台靠近门口，厕所没有门，是用帘子隔开的。房间一尘不染又功能齐全，但总有几分清冷肃杀之感。

中野讲解了照明开关，以及安装在床头的员工呼叫器的使用方法，然后说了一声"请您稍等片刻"，便走出了房间。

我打开旅行包，拿出换洗衣物。护理顾问告诉我说，所有个人物品都要写上名字，于是昨天

1　日式房屋面积单位，一席约为 180cm×90cm。

晚上我和妻子用油性笔，在每一件运动服、内衣裤，每一双袜子以及每一件洗漱用品上都写上了父亲的名字。听说很多入住者患有严重的老年痴呆症，经常因为丢东西和偷东西闹得鸡飞狗跳。

我把换洗衣物、内衣裤分门别类放进壁橱，又把牙刷牙膏和电动剃须刀摆在洗漱台上。正在桌上摆放老花镜、日记本和座钟的时候，中野拿着器械回来了。

"盛田先生，我给您量量血压。"

中野让父亲坐在椅子上，娴熟地测量了血压、脉搏和体温，微笑着说了一句"一切正常"便离开了房间。据了解，这里每天都会进行一次体检。

房间墙壁上挂着日历。我在今天的日期处用圆珠笔写上"今日入住"，然后翻开专门给父亲买的日记本，在第一页写上日期和"下午一点，入住望苑。二四二号房间。天气晴朗"。

"爸，以后最好每天都写写日记，就算一句都行。每天什么都不做的话，只会越来越健忘的。"我说道。但是父亲仅仅是瞟了日记本一眼。

"打扰了。"门口有人招呼一声，一个女员工走了进来。

"我是专职护工，我叫乾明。我来了解一下盛田先生的情况，制订护理计划。"

"请问，中野君也是专职负责我父亲的吗？"我问道。

"是的，护工和护士基本都是一对一负责。但是因为护工会有岗位轮转，所以您有什么需要，找谁都可以的。"

乾护工一边说一边检查父亲腰腿的状况。她让父亲从椅子上站起来，然后慢慢坐下。脱掉袜子，然后再穿上。检查能否单脚站立，能不能自行在床上躺下和起来。项目繁多，用时许久。

"检查完毕，您受累了。"乾护工说道。父亲则从口袋里掏出烟来。

"烟灰缸，在哪儿呢？"

"您抽烟呀。抱歉，香烟我先替您保管。用不用我带您去吸烟区？"

"算了，不抽了。"父亲铁青着脸说道。

"那您想抽的时候，随时叫我就好。"

乾护工说着把香烟和打火机放进塑料袋，又补充了一句"三点是下午茶时间"，然后鞠了一躬，走出房间。

只剩下了父亲和儿子两个人，照例又是无话可说。我望着窗外的风景打发了十五分钟时间，一到三点，便催促父亲走出房间。

父亲刚到食堂，随即停下了脚步，似乎是有些胆怯。方才只有寥寥数人的食堂，这会儿六十个座位几乎是座无虚席，员工往来穿梭，给每个人的杯子里倒茶。

父亲把拐杖靠在桌子边，缓缓坐在自己的座位上。

"从今往后，家父就拜托各位了，他叫盛田，请多多关照。"

我向同一张桌子的老人们打招呼，八个人里只有两位点了点头，其余的人都无动于衷。

我在稍远一点的一张长椅上坐下，观察父亲的表现。

分发的点心馒头，父亲碰都不碰一下。邻座之间聊天的都是些老太太，所有的男性要不就是沉默不语，要不就是嘟嘟囔囔地自言自语。好几个老人是用勺子吃这种软糯的点心馒头。吃完点心，又分发了歌谱。

"我们来唱《春之小川》。春天的小河呀——静静地流淌，就这样唱，好不好呀？"

乾护工起头，众人开始合唱。也有很多老人不做理睬，但是有一半老人唱得很投入。

父亲连歌谱都没有翻开，呆呆地坐在那里。我心想，要是等到这个娱乐时间结束回到房间，那我可就走不开了，于是我凑近桌边的父亲，在他耳边说了一声"我先走了"。

父亲慌忙拿起拐杖，跟跟跄跄地站起身。

"你等等，我也走。"

"爸，我求您别这样行吗？"

我的声音都有些破音了。我回身走向电梯，父亲拄着拐杖在后面拼命追赶。

"这个周六，我再来看您。行不行，爸？"

我握住父亲的手，又轻轻地拍了拍他的肩膀。

中野快步走了过来。

"真是抱歉，请您多关照。"我欠欠身，走进电梯。父亲也想跟着我上电梯，但是被中野拉住了。

乾护工挥舞着双手指挥唱歌，忧心忡忡地望向我。我向她点头示意，按了电梯按钮。就在电梯门关闭的那一刻，父亲像个孩子似的，哭得鼻涕一把眼泪一把。

【第五章】

▼

恶化的老年痴呆症

和在护理机构的日日夜夜

　　事实上，父亲入住望苑之后的许多故事都写入了长篇小说《二人静》（光文社文库），因此行文至此，我觉得有必要向读者诸君简单介绍一下本书的架构。

　　《二人静》是一部曾在月刊杂志连载的小说。第一章描写了父亲在邮局摔倒被紧急送医的情景，第二章的情节则是送医后的父亲在护理机构接受康复治疗。通篇模式皆如此，将本月真实发生的事情变成文字，在下一月的杂志发表，现实与小说同步推进。

《二人静》当中爱情元素占比很多，从整体而言无疑是一部虚构作品，但是有关父亲护理方面的内容基本都忠实于事实。因此，本书所涉及的父亲在护理机构的点滴生活，不可避免地会与《二人静》有所重复。业已读过《二人静》的读者如果慧眼识出，还望海涵。

　　当初着手创作那部《二人静》的时候，我曾调研了在老人护理保健机构工作的护工和入住机构的老人们每天的日程安排。我走访了多家护理机构，向护工们了解情况，因此下面我所介绍的可以说是一种平均意义上的工作模式。希望对于双亲、配偶、亲戚需要接受护理，正在考虑利用护理机构的读者诸君，能够有所帮助。

　　首先介绍护理人员的工作轮班模式，从早班至夜班，大体分为五个班次。

　　早班，早七时至下午四时，含午休一小时，

共九个小时。

准早班，早八时至下午五时。比普通白班提前三十分钟上班，目的是帮助那些在房间卧床不起、无法前往食堂的老人吃早餐。

白班，早八时三十分至下午五时三十分，该班次员工数量最多。

晚班，上午十时至晚七时。晚餐是在下午五时三十分开始，这个时间又是白班员工的下班时间，因而晚班员工要协助入住者吃晚餐，下班时间比白班员工晚一个半小时。

夜班，下午四时至次日上午九时，含两个小时的休息时间，共计十七个小时，工作十分繁重。

护理人员每周休息两天，夜班次日可以补休，几乎不可能两天连休。绝大多数护理机构的工作模式都是如此。

接下来我将从夜班工作时间开始，依次介绍护理机构的二十四小时。一般在有六十位入住者的护理机构里，夜班只有两名员工。

◎晚十时三十分，这个时间各个房间的入住者都已经安然入睡，两名夜班员工开始分工合作，为入住者更换纸尿裤，协助排泄。六十位入住者当中大约有二十五位需要全天使用纸尿裤。员工逐屋为他们更换纸尿裤。全部更换完毕通常需要一个小时。

但是，时常会出现大小便外溢的情况。倘若大小便的排泄量过大，从纸尿裤溢出，内衣裤和睡衣自然无法幸免，甚至被褥和床垫等一众用具都要更换。大小便外溢的情况隔三岔五便会发生，万一在夜班期间遇到，着实令人身心俱疲。

此外，夜班员工可以轮换着去休息两小时。一人零时至二时，另一人三时至五时。

◎凌晨四时，第二轮更换纸尿裤和协助排泄。由先休息的那名员工负责。

主要巡检第一轮没有更换纸尿裤或排泄的房

间，为他们提供帮助。不过，因为很多入住者每晚需要换两次纸尿裤，所以这一个人也要忙活一个小时。

◎凌晨五时，另一名休息的员工起床，为十名仅使用夜用纸尿裤的入住者更换纸尿裤，同时依次把老人们唤醒。约有八成老人无法自己起床。协助老人排泄，然后将移动马桶的小便倒掉，再把用过的纸尿裤集中扔到指定地点。

虽然员工也很想为起床后的入住者们洗洗脸，精心打理一下，奈何时间紧迫，只能用热毛巾给他们擦擦脸，用梳子给他们梳梳头。上述忙完以后，才能回到服务站，喝口茶喘口气。

◎早七时，早班员工（一人）上班。与两名夜班员工一起把卧床的老人搬上轮椅，送至食堂就餐。把茶和手巾发放到每张餐桌，然后做好上早餐的准备工作。

◎早七时三十分，早餐开始，八时三十分，

结束。根据入住者的不同情况，提供普通餐食、切碎餐食，以及由胶质和淀粉调制而成、易于吞咽的半流质餐食。

此外，同一时间还要为胃部插管的入住者提供管饲营养。

◎上午八时，准早班员工（一人）上班。因为有三名入住者卧床不起，无法前往食堂，所以要升起他们床铺的靠背，并用靠枕等固定他们的身体，协助他们进食。

◎上午八时三十分，早餐结束后，白班员工就位。在需要帮助洗澡的工作日（周一、周四，周二、周五）有六名员工值班，无须洗浴的工作日（周三、周六、周日）则是两名员工。

入住者每周可以洗澡两次，分为两组，第一组周一和周四洗澡，第二组周二和周五洗澡，这样是为了分摊帮助入住者洗澡的工作量。

◎上午八时三十分，夜班员工与白班员工交

接夜间情况。交接内容是各种注意事项，包括入住者的健康状况、大小便外溢的情况，以及类似于在帮助排泄时入住者身体不稳险些摔倒等"隐患"。交接需要三十分钟，夜班员工大约可以在九时下班。

◎上午九时依次开始给各位入住者洗澡。到十一时三十分，三十名入住者才能全部洗完。差不多需要两个半小时。浴缸有两种，一种是普通浴缸（深度较浅，可供在帮助下能够自行行走的入住者使用），一种是无障碍浴缸（供无法自行行走的入住者使用，可以坐在轮椅上直接洗澡），两种浴缸的使用人数基本上是五五开。

三名员工负责穿衣脱衣，三名员工负责擦洗身体。护士会在穿脱衣物期间对脚癣、褥疮进行处理。负责擦洗的员工身穿棉质短袖衫和短裤，还会围上防水围裙，但是依然会通体湿透，因此护理完毕后都不得不更换衣服。

◎上午十一时三十分，午餐开始，十二时三十分，结束。

护工们自己的午休时间分为两个时间段，十二时至下午一时和下午一时至二时，换班午休。

◎中午十二时三十分至二时三十分的两个小时是入住者在房间午休的时间。

利用这个时间，白班员工会把次日洗澡的入住者的换洗衣物和内衣裤装入专用的袋子，送至浴室，提前为次日的工作做准备。

◎下午二时开始，护理人员会召开三十分钟的碰头会。内容主要是对之前根据入住者情况制订的护理计划进行相互评价，共享新入住者的信息。护理专员整理的资料包括身体水平、排泄情况、饮食情况、轮椅使用情况、能否独立站立、能否独立完成床与轮椅间的转移等，但实际上有些入住者无法实现转移，护工们需要在老人入住之后重新核对这些项目。

在我走访期间，一位护工这样告诉我："很多人之所以入住护理机构，都是家人和护理专员的共同决定，可是他们本人并不接受，因而回家的愿望非常强烈。入住第一天更是要格外注意，如果照顾不周，就会对他们的情绪造成影响，导致他们心神不宁。"

◎下午二时三十分，午休时间结束。员工们分工逐一叫入住者起床。根据每个人的情况使用小便壶或移动马桶帮助排泄，然后将他们转移至轮椅送至食堂。

一位护工这样说道："有很多入住者年事已高而且身患偏瘫。尽管他们自己都已经放弃了去厕所的念头，但心里还是想在厕所方便。如果能够正常产生尿意和便意，却还是使用纸尿裤，有可能会引发废用综合征，造成大小便失禁。为了缓解他们身心功能下降的问题，就我个人而言还是希望能够帮助他们去上厕所，可是上厕所必须要两个人协助，这就必须要增加护工人手，而这又是不现实的。让人心里很不是滋味。"

◎下午三时开始是三十分钟的下午茶、简易体操和娱乐时间。

下午茶有饼干、点心馒头（对于无法吞咽的人则提供糊状馒头）、仙贝（无法咀嚼的人将仙贝在牛奶中浸泡后再食用）等。娱乐时间则是唱歌、游戏等参与型娱乐活动。护工们也会设计编排一些幼儿园孩子的合唱，志愿者三味线伴奏的和歌演唱、武戏、草裙舞等观赏型娱乐活动。

◎下午三时三十分至四时三十分，护工根据理疗师制订的计划进行针对性复健，包括手脚屈伸、步行训练等。

◎下午四时，夜班员工上班。白班员工的领班与夜班员工交接入住者的有关情况（有没有排尿、有没有进食、有无发烧和外伤等）。

◎下午四时三十分至五时三十分，帮助排泄，将入住者送至食堂。

一位护工这样说道：

"一天之内，仅仅从轮椅到床、从床再到轮椅的这种轮椅和床之间的转移就有几十次。虽然无时无刻都是百般小心，生怕出事，但是在不知不觉之间，我面对的好像不再是人，而是时而竖立时而放倒的一件物品。出来、进去、吃饭，然后又是出来、进去、吃饭。不断重复着这项无穷无尽的工作，在这个过程中，那种尽力想要让入住者颐养天年的心气似乎也渐渐消失了。但是，毕竟吃饭是入住者最快乐的事情，还是要打起十二分的精神做好。"

◎下午五时三十分，晚餐开始，六时三十分，结束。因为白班员工五时三十分下班，所以晚餐护理工作由晚班和夜班员工负责。

◎下午六时三十分后的半个小时内，要把入住者送回床上。很多人头一沾枕头就睡着了。

◎晚七时，夜班员工晚餐（自备盒饭，次日早餐的面包也会一并带来）。

◎晚八时，根据个人需要分发睡前需服用的药物，巡检各个房间，熄灯。

所有房间熄灯后，便是待命以应对入住者的呼叫。入住者的床头都有可以呼叫护工的呼叫器，有些入住者因为孤单还会反复呼叫。

想解小便、想拉上窗帘、口渴了想喝水、腿抽筋了、想要纸巾、想要身体抬高一点等等要求自不必说，像是"屋里跑进了小孩""猫吵死了"等老年痴呆症患者的诉求也要一一回应。

还有些人睡不着觉，摇摇晃晃地跑去食堂。就要拿给他一些热饮、饼干，再陪着聊一会儿天，他才能安心地回房睡觉。

◎晚九时三十分始，每隔一个半小时就要在各个房间巡检一次，查看入住者的情况。帮助翻身，把滑落的毛毯重新盖好。

如有空闲时间，便要拟制自己所负责的入住者的护理计划，或是筹备"责任人"的工作。责任人包括下午茶时间之后的"娱乐活动责任人"，筹划志愿者演奏会等活动的"演出责任人"，采购、保管纸尿裤的"纸尿裤责任人"，管理"隐患"报告的"风险管控责任人"等。白天单是护理工作就让人焦头烂额，因此这些工作多数时候只能在值夜班期间抽空完成。之后便到了晚上十时三十分，又回到了二十四小时日程安排的起点，更换纸尿裤，帮助排泄。

下面，回到父亲在护理机构的生活。

"下周六，我再来看您。"一周后的周六下午刚过一点半，我便按照与父亲的约定，来到了望苑。这个时间父亲应该已经吃完午饭，在房间休息了。

我没有敲门，径直走进屋里，随后便看见了乾护工。她膝头摆着一个街头问卷常用的板夹，与父亲面对面坐着。

"我是不是应该先去外面等等？"我问道。

"不用不用，您请进。"乾护工说道，"马上就好。"

我在床边坐下。

"那咱们继续。请您重复我下面说的三个词，樱花、猫、电车。"

父亲瞄了我一眼，表情仿佛在说："你看我弄得像个正在考试的小学生似的。"

"樱花、猫、电车，可以吧？"

"是的，很好。请您牢记，后面还会问到。"

乾护工说着，用笔在问卷上打了个钩。我稍微直起腰，悄悄看向那张问卷，只见标题写的是"长谷川式简易智力评价标准"。

"下面是减法计算。一百减七等于多少？"

"九十三。"父亲应声答道。

"正确。那么九十三减七等于多少？"

父亲眉头一皱，问道："你说什么？"

"九十三减七等于多少？"

父亲愣了愣神，乾护工又问："您算出来了吗？"父亲摇摇头。

"接下来，请您从后往前念出我说的数字，六——八——二。"

"啊——，二——八——六。"

"三——五——二——九。"

"喔？这个——，九——二——五——三。"

哎哟，回答得挺不错的嘛。正当我暗暗为父亲叫好的时候，乾护工又说道："请您把刚才让您记住的词语复述一下。"

"什么词语？"

"刚才不是让您记住三个词语吗？"

父亲抄起手，歪着头回忆。

"我提示您一下。分别是植物、动物和交通工具。"

我心想父亲至少能回答出来一个，可是结果

一个都没想起来。

"下面我会向您展示五样东西，然后我把它们收起来，请您告诉我都是什么东西。"

乾护工边说边在铁制书桌上逐一摆上眼镜、橡皮、香烟、钥匙和钟表，问了一句"可以了吧？"便把这些东西放进了盒子。

"好了，请您告诉我都有哪些东西吧。"

"香烟、橡皮……"父亲马上答出两个，之后便说不出来了。他呼哧呼哧地喘着气，眼睛死死盯着盒子。

"盛田先生，您是不是累了？接下来是最后一个问题，请您再坚持一下。很好，请您尽可能多地说出您知道的蔬菜名称。"

父亲满脸烦躁，掰着手指头回答说"黄瓜、茄子、萝卜"，但或许是由于走神，回答就这样戛然而止。

"好了，结束了。您辛苦了。"

乾护工向父亲鞠躬示意，然后转向我说道："给您父亲做了一个简单的测验，以便制订护理计划。"

"那么，结果如何呀？"听到我的询问，她面露难色。

可能是在受测者面前不便回答。

"方便的话，请您这边来。"乾护工说。

走出房间，我们在谈话室的桌子前面对面坐下。

"我给您父亲做的测验，其实是在检测老年痴呆症的严重程度。"

乾护工说着在桌子上摊开了父亲的测验问卷。

我浏览了自己到场之前的前半部分问题。

"现在我们在什么地方？如果不能回答则停顿五秒，选项（家、医院、护理机构）。"

这个问题父亲的得分是零分，问卷上面写的答案是"家，郭町"。

"这也就是说，父亲认为这里不是护理机构，而是在自己家里？"

"是的，他说这里是他在郭町的家。"

我目瞪口呆。能够从后往前念出四位数字，但却分辨不出自己身在何处，父亲的脑袋里究竟在想什么？

"从结果来说，满分三十分的测试，盛田先生的得分是十一分。"

"这个得分是什么水平？"

"这个测试虽然仅供参考，但是基本上可以认定是中度老年痴呆症。如果低于十分，就可以认定是重度老年痴呆症了。"

只比重度高一分……我不禁愕然，自己从未想到病情竟然发展到了这个地步。

"有没有什么办法能够抑制病情恶化？"我问道。

"我毕竟不是专家，讲不出具体方法，不过适度运动和日常性的聊天，对于改善病情有一定的帮助。我也会尽己所能地与您父亲多聊天，多交流。"乾护工说。

三点的下午茶时间结束后便是娱乐时间。每到这个时间，父亲似乎总是如坐针毡。

"注意啦——，各位，今天我们来玩红白球投篮。男子队对战女子队，男子队虽然人数少，但是一定要加油啊，不要输给女子队。"

年轻的男性员工站在大厅中央，高高举起手中的红白球，父亲却是一脸不屑地撇着嘴。我坐在长椅上，注视着父亲的一举一动。小学运动会红白球投篮是要把球投进顶在竹竿上的篮筐，而望苑则是把球扔进一个放在桌子上的大竹篓。

"首先，我们来数一数一共有多少个球吧。一个、两个……"

在男员工的计数声中，乾护工和另外一名女员工把球分发给老人们。

"盛田先生，这个给您。"乾护工把球递给父亲，可是父亲并没有要接球的意思，而是竖起手掌放在额前，仿佛做了一个道歉的手势，然后轻咳一声，从椅子上站起身来。

乾护工只是微微地眯起眼，什么也没有说，随后把球递给了旁边的老人。有几位老人和父亲一样不想参加娱乐活动，员工也丝毫没有勉强。

父亲拄着拐杖，弓着腰向房间走去。

"爸，玩玩看嘛，说不定挺有意思呢。"

在走廊里我对父亲说道。父亲一言不发，默不作声地向前走着。

"爸，我知道这段时间您这把年纪还被当成小孩子，您不高兴，可是乾护工也很不容易呀，人家都那么卖力气地照顾您。"

我又接着说道。父亲脚下停顿片刻，自言自语"我是不是惹她生气了"，然后"唉"地长叹一声，似乎是后悔自己离席而去。

一把年纪还被当成小孩子——。不可否认，父亲的不满情有可原。每当我看到护工在与身患偏瘫的老年人说话的时候，使用跟婴儿说话时才会用的"乖，吃点心啦"，我也忍不住想要开口劝告几句。

不过，父亲虽然对这种参与型的娱乐活动无感，但却对观赏型的娱乐活动情有独钟。

当草裙舞社团身着艳丽服装的女士们满面春风地问候"Aloha[1]"时，老人们也高声回应"Aloha"。在这种其乐融融的氛围中，父亲脖子上戴着花环，似乎也乐在其中，而志愿者团队上演专业级的武打剧目的时候，他也会热情地奉上掌声。

在父亲拒绝参与红白球投篮游戏，返回房间休息之后，我来到布草间。

---

1 夏威夷语，包含爱慕、再见、你好等含义。

我到达望苑之后，随即把父亲穿脏了的内衣裤和一套运动服塞进了刷卡式自助洗衣机。每次去都是如此。洗涤加脱水大约需要四十分钟，这时脱水也结束了。我从洗衣机里取出衣物，放入手提包。这里的烘干机还是老型号，既费时间，价格又贵，因此我都会把衣物带去附近的投币式自助洗衣店烘干。

　　由于望苑不提供洗衣服务，所以我猜测入住者的亲属只能用望苑的洗衣机或外面的自助洗衣店，要不就是把衣服带回家里清洗。其实，护理机构的指南里也有明确的介绍，而且每周都要去那里探望父亲，在自助洗衣店洗洗衣服也是小事一桩。

　　然而许久以后我才听说，很多入住者的家属几乎从不在护理机构露面，他们采用包月的方式把洗衣的任务全部委托给了洗衣公司。

　　"家家有本难念的经，但是话说回来，家里人一个都不来，老人家总是孤身一人，实在是可怜见的。"一位护工曾这样说。

收拾好手提包回到房间，父亲正对着书桌发呆。

"去外面转转吗？"我问道。父亲没有作声。

"偶尔也要去外面呼吸呼吸新鲜空气嘛。"我又说道。父亲这才猛地浑身一震，仿佛打开了大脑的开关，抬起头来。

"去哪里？"

"洗衣店。"我话音刚落，父亲又恢复到方才那种空洞无神的眼神，不过当他听到"可以让您抽支烟"的时候，他马上"喔"了一声，从椅子上站了起来。

因为父亲的香烟和打火机都由护工保管，所以想要抽烟的话，就必须要走到服务站，告诉人家他想抽烟，而且还必须要去指定的抽烟场所才能抽。父亲一来是觉得这一套程序太麻烦，二来又有些不好意思打扰那些忙得脚不沾地的员工。

大厅里红白球游戏还未结束。每当有球被扔进竹篓，就会响起一阵掌声。

我去服务站领取了父亲的香烟和打火机，在假条的目的地一栏填上"洗衣店"，然后交给员工。哪怕只是出去三十分钟，也必须填写假条。

乘电梯下到一楼，让父亲坐上车，驶出望苑。建筑外围是一片广袤的农田，田野里星星点点地散落着围着篱笆墙的农家。

到了洗衣店，我把衣服放进烘干机，与父亲并排坐在长椅上，然后默默地递过去一支香烟。

"噢，谢了哈。"

父亲"啪啪"地用手掌扣着额头，像是相扑力士从行司那里领取悬赏金。

"您这是什么动作。"

我不由得笑了起来，我还是第一次见到父亲这样。

父亲总是不苟言笑，即便是看电视喜剧节目的时候也是眉头紧锁。绝对不是那种儿子递过来一支烟就会说"谢了哈"的人。

或许是上了年纪，心气儿不及从前，抑或因受到儿子的照顾，所以变得低声下气。如若如此，可能也是因为我不经意间流露出的蛮横态度，让他感到被照顾着。这样一想，我便时常自我检讨。

父亲美滋滋地抽着烟，深吸一口，过肺之后再"噗"的一声吐出来。

洗衣店有一台电视，正在直播赛马。

"隆二，来点啤酒。"父亲突然说道。

我看着电视，假装没听见。有一匹马异常亢奋，无论如何也不进闸口。

"晚上，睡不着，一直瞪着房顶。喝点酒就能睡着了。隆二，有时候真想喝一口。晚上不让喝酒，和蹲班房有啥区别啊。"

"知道了，这就去买，您在这儿等我一会儿。

千万别乱跑啊。"

说完我便走出洗衣店。开车前往便利店，给父亲买了听啤酒，又给自己买了无酒精啤酒，前后只用了大约五分钟，父亲却是一脸哭相。

"喂，你跑哪儿去了？"

我沉默着递过一听啤酒。父亲立刻喜笑颜开地接了过去，下一秒却对着无法打开的易拉罐发愣。唉，看来他已经没有打开易拉罐的力气了。我拉开拉环，又递了过去。

"不好意思啊，又给你添麻烦了。"

父亲歉疚地小口抿着啤酒。

"我妈身体还好的那会儿，当护士的时候，下班回来晚饭之前都要抽上一支。她在排风扇下面抽烟的样子，一定还记得吧。"

"是啊是啊。"父亲点点头，点燃第二支烟，每抽一口，都会念叨两句"痛快啊，痛快"。

"帕金森病严重以后她就抽不了了，还想让她抽一支呢，最后的时候。"

"帕……帕什么？"

"爸，您可真是的。帕金森病呀。"

"噢，想起来了，帕金森病嘛，就是你妈得的那个病。"

我松了口气，喝了一口无酒精啤酒。

"每个月都要往御茶水的顺天堂医院跑两趟，爸您也一起去来着。"

"我也一起去了？"

"对呀，我开车，每次川越街道堵车，都要走整整两个钟头。"

"唔，这样啊，还有这些事呢？"

父亲歪着头，往嘴里送着啤酒。

这还没有三年呢，就忘得一干二净了。我克制着自己的情绪，不去责备父亲。

烘干机的滚筒停止了转动。我从长椅上站起身，把父亲的内裤、衬裤和运动衫放进筐子，然

后在台子上叠好放入手提包。

"喝完就回去吧。"我说道。父亲喝得急切，啤酒滴滴答答地滴在胸口。我拿出刚叠好的毛巾，擦拭父亲 POLO 衫的前襟。

"别着急啊。"

父亲点点头，双手捧着酒罐，噘起嘴凑近罐口。恍惚间父亲的样子就像是一个紧紧抱住奶瓶的婴儿。终于喝完了，父亲心满意足地打了一个响亮的嗝。

父亲虽然在必须要与他人互动的娱乐时间里手足无措，但却并不讨厌步行训练。甚至可以说是积极踊跃地接受训练。入住将近三个月后，他的状态让我惊叹不已。

父亲在负责复健的员工的陪同下，缓缓走向用于步行训练的阶梯。阶梯两侧均安装了扶手，上下各有五级台阶。

父亲拄着拐杖，左脚右脚交替着走上阶梯。步履轻快，让我大为惊叹。刚住进望苑的时候，费九牛二虎之力也只能在走廊里挪动几步，爬楼梯更是想也不敢想。没想到不到三个月，康复训练竟取得了如此进展。

然而，一到下台阶的时候，父亲顿时就谨慎起来，紧抓扶手，谨慎地探出一只脚，先在下一级台阶站稳，再把另一只脚挪到同一级台阶，然后再向下伸出一只脚，半步半步地挪动。

"虽然左膝屈伸还有些不太灵便，但是总体来说恢复得不错。"员工面带微笑地说道。

是的，的确如此，我点点头。尽管短期记忆障碍的症状日渐严重，就连短短几分钟前的事情都记不住，但是腰腿功能确实得到了改善。

这段时间发生了一件事，讲出来有几分小题大做，但目睹时却让我不敢相信自己的眼睛。当时一如平日，我带父亲去洗衣店，父亲尽情抽烟，我把烘干的内衣裤放进手提包，然后开车返回望苑。而这件事就发生在我们回到望苑之后。

那是在晚餐前，入住者基本都在房间里休息，只有寥寥几位老人在食堂的桌边看电视。正当我和父亲两人穿过大厅走向房间时，一个老人向我们招手。

哎？我还在想这人是谁时，父亲却已经腼腆地向对方挥了挥手，拄着拐杖，向那边走去。那位老人也面带笑容地从椅子上站起来，"唔唔"地点头示意。

看我一头雾水地望着两人，乾护工笑眯眯地走过来。

"盛田先生交到朋友了呢。"

那一刻我以为自己听错了。一方面是因为乾护工这话仿佛是在说一个幼儿园的孩子，另一方面是我从未见父亲与其他入住者说过话。

那位老人肤色白净，眉清目秀，一头好似褪过色的雪白头发，梳着精致的三七分，发丝还略带波浪卷，宛若一位年事已高却芳雅依旧的女演员。

两人脸凑到一起，说了几句悄悄话，然后轻轻拉起手，相互搀扶着向摆放着沙发的谈话区走去。

两位老人手拉着手，其实也是寻常之事，但是鉴于父亲的性格，难免让人感到几分古怪。

"请问，那位不是个老太太吧？"我小声询问。

乾护工苦笑道："不是，不过不仔细看的话确实像个女人。是一位老先生，姓下仓。半年前老伴去世了，这个月才过来的。"

"原来是这么回事。境遇相似，自然有些共同话题嘛。"

我注视着两人缓缓行走的背影，一个疑问不禁浮上心头，父亲年轻时有没有和母亲手牵手走过路。

追忆童年往事，我唯一的印象就是父亲总是走在前头，母亲落开两三步，跟在后头。两人都没有并肩走过路，更何谈手牵手。

我走进父亲的房间，把洗干净的衣物放进壁橱，用圆珠笔在挂历上写上"与下仓先生成为朋友"，然后走出了房间。

回到大厅，我看见父亲和下仓先生正在谈话区的沙发那聊得兴致勃勃。看那热火朝天的劲头，想要过去跟他说一声再见，都怕打扰到他们。

日后向父亲问起下仓先生，这才知道原来他与父亲同岁，二十一岁应征入伍，随军去过中国大陆。人生经历与父亲非常相似。

可是，尽管父亲结交了这样一位朋友，每次我临走前与父亲告别时，父亲依然像个孩子似的泪水在眼眶里打转。入住护理机构的三个月以来，丝毫未有改变。父亲从来没有融入过护理机构的生活，总是情绪激动地问我"喂，隆二，啥时候我才能回家"。

本来，父亲这种可怜巴巴的渴求就像一块石头，沉甸甸地压在我心里，而一个新出现的情况更是压得我喘不上气。这便是老人护理保健机构的"六个月槛"。

那天，我把父亲的内衣裤放进洗衣机之后，前往一楼的办公室。前一天，护理顾问柿沼打来电话，希望和我谈一谈今后的打算。

"请随我来。"柿沼将我领进接待室，我们面对面坐在沙发上，然后他打开一个硕大的文件夹。

"盛田先生，咱们就直奔主题吧。我在电话里同您说的那件事，您考虑得怎么样了？"

我一下子被他问住了。我只在签订入住合同的时候听过他的介绍，之后和他便再没有像样的交谈，仅仅是点头之交。昨天他在电话里表达的意思，我听得也不是很明白。

"这个，您是说我父亲今后的打算，是吧？"我试探着问道。

"没错，令尊入住已满三个月。在我们望苑，每三个月会征询一次意见，看您是否继续入住。"

"哎！"我不禁叫出了声，"合同上没有写呀。"

"是的，确实没有注明……"柿沼略微停顿了一下，但仍然微笑着直视着我，继续说道，"您也是知道的，所谓老人护理保健机构，是介于医院和家庭之间的一种机构，对于瘫痪和伤病病情已经稳定的老人，原则上最多入住六个月，护理机构提供的康复训练和日常生活训练是为了让老人尽快康复，早日回到熟悉的家庭之中，享受天伦之乐。所以说，长期居住的话，恐怕……"

"您等一下，"我说道，"这些我明白，但如果三个月以后直接让我们走人，我们也很为难啊。"

"那是肯定不会的。因为今天正好是入住后整三个月，所以就是想听听盛田先生对令尊今后的护理工作有没有什么想法。"

是这样呀，我点点头，轻轻叹了一口气。

"如果自己家中无力照顾，那么务必要给您父亲找一处最终的归宿。"护理专员森见的这句话言犹在耳，我甚至没有一天不为此心烦意乱，以至于从未平心静气地思考过这个问题。

妹妹出院遥遥无期，即便是出院了，也不能指望妹妹能够正常照料父亲的饮食起居。况且我还住在一座没有电梯的老旧公寓的四楼，单是爬楼梯对父亲而言就是一个大难题，更糟糕的是客厅之外的三个房间都已经被占满，分别是我的办公室、上大学的儿子的房间和我们夫妻二人的卧室，根本无法保证父亲单人单间。

再者说父亲家本来房间就多，倘若闲置在那里，而把父亲接到狭小局促的公寓与我同住，反倒有些不妥，因而我还是希望父亲能够住在他自己的家里。

"很抱歉，"我郑重其事地鞠了一躬，"应该怎样做，以及怎样做对父亲来说才是最好的，我都完全没有头绪。父亲在您这里接受护理，我很放心，没想到一眨眼三个月就过去了。"

"是的，我了解。盛田先生您忙于文字工作，分身乏术，可以理解，不过，在之后的三个月内找一个可以商量您父亲后续安排的时间，总归是可以的吧？"

柿沼的态度很客气，话语却分外强硬。

可以可以，我点点头。毋庸置疑，搁置问题的是我，错也自然在我，望苑只是一个救一时之急的地方，我并没有准确理解这个机构的功能定位，而当务之急是要考虑未来三五年父亲的护理问题。我感觉肩头异常沉重。

"柿沼先生，"我用求助的口吻开口说道，"您刚才提到，这座机构的目的是帮助入住者进行康复训练，让他们早日回归家庭，虽然我父亲已经入住三个月，但是眼下还没有达到这个程度吧？"

"是的，尽管进食、上厕所、站立，他都能独立完成，但是老年痴呆症发展得很快，白天还是离不开人。"

"那么半年以后情况会不会有什么变化？老年痴呆症甚至有可能会更加严重呢。"

"所以说，盛田先生，对于令尊今后的安排，您可考虑的护理机构的种类其实很多，比方说，特护老人机构、痴呆症老人之家、私营护理机构等等。您有没有去参观了解一下？"

没有，我摇摇头。

好吧，柿沼垂眼看向父亲的文件夹，没有再往下说。

"不论如何，希望盛田先生您能够根据您家中的情况和个人的希望，三个月以后，将您具体的想法告知于我。"

"三个月以后是吧，明白了。"我点点头继续说道，"那譬如说，如果要入住特护老人机构的话，我听护理专员说过，前面排队的有九百个人，入住要等到两三年以后了。"

"是的，目前就是这种状况。"

"如果三年以后才能入住，那么在入住之前的这段时间，该怎么办？"

"可以正式提出入住特护机构的申请，做好各项准备，我们也会相应地……"

柿沼话说到半截便含混不清了。我不由得把身体凑近柿沼。

"也就是说办理入住手续之后，只要特护机构没有空位，就可以在这里接受护理，是这个意思吧？"

柿沼面露难色，向上司的办公桌瞟了一眼。"护理期限原则上最多六个月，这个恐怕……"

我心说特护机构归根结底也只是个摆设，在

这里扯皮也没有任何意义，于是干脆利索地说了句"我明白了"。

"我会认真考虑的，之后再找您商议。"

"好的好的，有事您随时找我。"

柿沼脸上又露出笑容，从沙发上站起身。

我觉得虽然柿沼反复强调护理期限原则上是六个月，但也可以有特例。毕竟没有白纸黑字地写在合同上。

三个月后必须要给出一个结论，可是我并没有信心去说服父亲入住特护老人机构，我心里一清二楚，除非父亲亲口说出他要入住特护机构这几个字，否则根本不会有任何结论。

【第六章】

在护理机构被传染，
父亲患肺炎住院

就在"六个月槛"近在眼前的时候,妹妹即将开始为期一周的居家观察。

精神科的女医生表示,如果在家里平平安安生活一个星期,那么就可以办理出院手续了。经过十个月的住院治疗,妹妹的精神状态已经稳定下来了。

居家观察期间,我也把父亲接回了家,那一个星期对我来说是身心俱疲,工作也几乎碰都没有碰过。

因为妹妹一天要吃五次药,一旦落下一次,

人就会变得不正常，所以我必须每天去父亲家确认妹妹有没有按时吃药。有一天，我刚从父亲那里回到自己家，就接到了妹妹的电话，说是父亲在浴室摔倒了。我立马驱车折回父亲家，万幸父亲只是轻微地跌了一跤，摔得并不重。护理机构严厉的禁酒措施可能反而刺激了父亲的酒瘾，他在浴缸里喝酒，结果喝醉之后滑倒在地。就这样纷纷扰扰地度过了一个星期，妹妹暂时返回医院，然后就可以正式办理出院手续了。

我为此头疼不已，但恰好父亲也是在妹妹出院的同一时间办理离开护理机构的手续。父亲和妹妹两人虽然都无法独立生活，但我觉得让他们两人搭伙生活应该没有问题。对此我一度抱有一丝希望。

"纪子女士，恭喜您顺利出院。"女医生温柔地向妹妹祝贺。"承蒙关照。"妹妹也平静地回答道。

然而，当我们和父亲三人上车，车刚开出医

院的停车场，妹妹就换了一副模样。

"这个医院，我再也不来了！"妹妹的语气像是在发泄着什么。

我心想，可能她只是想说不想再住院了吧，但是说话时候的表情却是咬牙切齿的。

"虽然说是再也不来了，不过，纪子，之后每两个星期还要来医院复查一下。"

我通过后视镜看着后排的妹妹，轻描淡写地试探道。

"不要。再也不来了。我不会再上医生的当了。"妹妹斩钉截铁地说。

我一脚踩住刹车，抑制着想哭的冲动，把车停在路边。

"纪子，你要说这种话，就还不能出院。咱们现在就回去。医生看到这种情况，也一定会认为放你出院太草率了。咱这就调头。"

说着我便转动方向盘，让车调头回去，这时

妹妹拖着哭腔大声喊了一句"对不起！"

"对不起！别生气了，哥，我再也不说那种话了。我一定隔两周来一次。一定！喂，你别生气了。我只是不想再住院了。"

妹妹拼命地恳求我。

"好吧，你说到做到。"说着，我向父亲家开去。

从第二天开始，每隔一天我都会去父亲家看看。看上去妹妹的情况还算稳定。考虑到妹妹每天给父亲做三顿饭，负担不轻，于是我便把父亲的晚餐委托给了配餐公司。本想一并把妹妹的晚餐也订了，但是妹妹说好不容易出院了，她想自己下厨做些自己爱吃的。看到妹妹高高兴兴地出门买菜，一边哼歌一边做饭，喜悦之情溢于言表，我也暂时放下心来。

就这样过了两个星期，复检的那天早上，我开车来接妹妹去医院，她也没有任何抗拒，女医生给妹妹做了检查，也微笑着说"很健康，目前状态很好"。

就这样，我心里的石头彻底落地了。碰巧又临近连载小说截稿期，于是后面的一个星期我便没有去父亲家。书稿完成，寄给编辑，这才来到父亲家，只见妹妹裹着被子不住地发抖，手脚也都不自觉地抽搐。

"怎么回事？"我问父亲。父亲说妹妹这三天都是这么躺着。

"整整三天什么也没吃？"

我大惊失色地问道。父亲回答说："我把自己的便当分了一半给她。"厨房桌子上妹妹买来的餐包、点心面包堆积如山，父亲说他饿了就吃一点，妹妹可能是没动过。

"怎么可能？"我提高了嗓门，但是跟父亲发火也无济于事。我打开药袋，清点里面的药量。之前开了两个星期的量，但是只喝了头两天的，之后五天，一包药都没有喝过。

妹妹喝药不及时的话，会变得极具攻击性，但眼下她浑身无力，只是一个劲儿地发抖。

早餐后服用的药有药水和四种药片，需要一次服下。

我拈着药，一粒一粒放进妹妹嘴里，然后把水杯略微倾斜地贴在她的嘴边。水几乎都顺着嘴角流了下来，但也顾不得这么多了。好不容易让她喝完了药，我便给医院打去电话，向女医生说明了情况。医生说希望我马上把妹妹带去医院。

"她现在动都动不了，好吧，我明白了，我想想办法。"说完我挂断电话，对自己说，要冷静，要冷静。

如果到了那里之后妹妹被诊断为需要再次住院，那么就必须申请让父亲回到护理机构。但是离开机构已经三个星期了，父亲的房间很可能已经住进了别人。那父亲又该怎么办？也不能把他一个人丢在这里……我脑子里一片混乱。干脆先问问再说，我正要给望苑打电话的时候，忽然灵光一闪，眼下正是应该联系护理专员的时候，我怎么早没想到。于是我拨通了森见的电话。

森见表示望苑的入住情况由他前去确认，如果我妹妹正式确定住院，那么立即与他联系。

"只剩四人间，我也能说服父亲，拜托您了。"

说罢我挂断了电话。当初入住望苑的时候选择单人间，就是因为父亲坚决不肯跟别人同住。

服药三十分钟后，可能是药效发挥了作用，妹妹僵直的四肢有所缓和，但是浑身发抖的情况依然没有好转。

"起不起得来？"妹妹把手放在背后，想要撑起上身，但是身体僵硬，纹丝不动。这是我头一次遇到这种情况，不知道这种时候是不是应该叫救护车，最后我还是拨通了119急救电话。

听到我说想让救护车把妹妹送到精神病院，

接电话的女性明显迟疑了。但是当我把事实经过解释一遍，告知对方目的地就是三周之前妹妹还在那里接受治疗的那家医院之后，对方的态度顿时为之一变，调派了一辆救护车。可能最初对方误以为是让他们帮忙把拒绝入院治疗的精神病患者强制运送到精神病院。

最终，妹妹被救护车送往医院，并且当场确定要进行住院治疗，第二天，父亲也顺利入住望苑。但这也着实是一次侥幸。

之所以这么说，是因为父亲之前的单间已经住进了别人，而在大约一周前又新空出了一个单间，幸运的是在这一周之内望苑足足入住了十几个人，可这十几个人全都看中了四人间，于是这个单间就一直空着。

四人间的部分费用由护理保险承担，只需支付伙食费和日用品的费用，而单间每天要额外支付两千日元的费用，一个月就是六万日元。对于父亲来说，单间费用也包含在共济年金的报销范围内，因此不会给日常开销造成太大负担。

至于妹妹的住院费，则是用父亲的存款交上的。倘若父亲没有这些积蓄，那就只能破开我的存款，如此一来经济状况就更加捉襟见肘了。

就这样，父亲又回到了望苑，然而讽刺的是，如此一来"六个月槛"居然不攻自破。因为是先办理了正式的退房手续，而后又办理的入住手续，所以入住期限重新计算，往后顺延了六个月。

不过，妹妹出院仅仅三周之后就再次住院这件事，给父亲造成了很大的打击。他食欲不振，每次吃饭都剩下大半。从员工那里得知这一情况之后，我给父亲送去了他爱吃的梅干、海苔佃煮和桃子、葡萄之类的水果，然而他不仅食欲日渐减退，而且除了吃饭，其他时间都把自己关在屋里，三点钟的下午茶时间，任凭员工叫多少遍，他也不露面，晚上也几乎难以入眠，体重也骤减。

　　没有食欲，无法入睡，干什么都提不起精神。如今回想起来，父亲已经陷入了典型的抑郁状态。他一个人闷在屋子里，就连沿着过道缓慢行进的简单的步行训练也拒绝参加。我看着这样的父亲，心里是一种深深的无力感。

　　秋意渐浓，很快到了寒风料峭的季节，父亲的食欲终于复苏了，晚上也能酣然入睡了。每逢周末，我就和妻子一起去望苑看他，妻子在洗衣店洗衣服的时候，我就开车带着父亲去妹妹所在的医院，三个人在食堂的角落一边吃奶油蛋糕，一边聊几句家常，然后返回望苑。每个周末都是这样度过。

　　就这样直到岁末的一天，我接到了望苑打来的一通电话，生活又一次变成了一团乱麻。

　　父亲发起了高烧。据说四天前便开始发烧，其间一度退烧，但前天傍晚至夜间又再次烧到了三十九度以上。凭借药物和物理降温，早晨转为低烧，可是到了傍晚又烧了起来。病情不断反复。

"高烧没有影响食欲，午餐差不多吃了七成左右。感觉体力也没受影响，就是一到傍晚脸就通红通红的，很让人担心。"

护工在电话里向我详细说明了父亲的情况。

"实在是麻烦您了。"我拿着电话连连鞠躬致谢，心想让父亲入住望苑真是帮了大忙了。

然而，还没等我对二十四小时看护机构的感激之情退去，次日上午刚过十点半，护工又打来了电话。说是父亲直到上午还没有退烧，有可能是肺炎，问我能不能带他去医院检查一下。

"能不能今天姑且先在您那边观察观察，如果还不退烧的话……"

还没等我把话说完，对方便断然拒绝：

"盛田先生，这里不是医院。我们只能护理，不能行医。请您在您父亲的病情尚未加重之前，尽快带他去医院就诊。"

"这个这个，您看这样行不行，能不能让您那边的员工带我父亲去医院？"

我苦苦哀求是有原因的。这天是某杂志书评约稿的截止日期，又恰好和其他稿件的截止日期撞车了，我连一个字都还没有动。

但是对方寸步不让。对方表示，如果员工人数充足自然是可以的，但眼下人手紧张，还是请家属带病人去医院就诊吧。

"明白了。我尽快过去。"说完我放下电话。

据说一周以来，望苑里已经有五名入住者出现了感冒的症状。父亲显然是在机构内被传染的，如果真是肺炎的话，那事情可是非同小可。

登录市内综合医院的主页之后，我发现上午接诊至中午十二点，下午则是从两点开始叫号。就算我即刻动身前往护理机构接上父亲赶赴医院，上午也来不及了。

我坐在电脑前，开始写书评。然而我满脑子都是赶时间，稿子像挤牙膏一样。书评有它约定俗成的篇幅，字数换算过来相当于七页稿纸。

回过神来已是正午。我把写了还不到一页的书评打印出来，夹在评论的单行本原著当中，然后把书塞进包里走出家门。那一天天寒地冻，屋外寒风凛冽，气温还不到五度。

我驱车来到望苑。到二楼刚下电梯，员工就递上来一个信封。

"请您代为交给医院。"

信封上写着"信息通报"。我接过信封，走进父亲的房间。

父亲保持着仰卧的姿势，只有头转向我。眼里噙着泪水，不停地喘着粗气。

"爸，让您久等了。咱这就去医院。"

听到这，父亲却流露出恐惧的神情，问道："为什么还要去别的医院？"

尽管已经向父亲解释过很多次，望苑只是一家护理机构，但父亲始终认为这里就是医院。这也是为什么匆忙转院会让他感到惴惴不安。

"去让大夫检查检查，很快就回来了，爸，别担心。"

我一边安抚父亲，一边浏览信封里的内容。上面记录着父亲的既往病史等基本信息，近几天的体温、血压，以及几个醒目的字——"疑似肺炎"。

现在只能先把父亲带去医院接受检查，如果只需吃药，那么拿药之后傍晚就能回到望苑，不过我还是从壁橱里拿上了用于换洗的内衣裤和睡衣，以防通知住院后措手不及。

"为什么要去别的医院？"父亲又问，我装作没有听见，把随手能抓到的、我认为住院用得上的东西——毛巾、茶杯、洗漱用品、闹钟，统统塞进手提袋。

这时响起了轻轻的敲门声，只见乾护工推着轮椅走进房间。

"门诊下午几点开始？"

"两点开始叫号。"

"时间还来得及，先换一下内衣吧。"

乾护工抱着父亲的肩膀，让父亲坐直，然后脱掉睡衣和内衣，用毛巾把汗涔涔的身体擦干。父亲很享受似的眯起眼睛。换好衣服之后，乾护工把父亲扶上轮椅，推出屋外，我抱着手提包跟在后面。

在服务站测了体温，三十八度二。等会儿在医院大厅排队的时候，温度可能还会升高。

我向护理顾问柿沼询问，有没有可以优先就诊的方法。柿沼当即给医院打去电话，说明了情况。放下电话后，柿沼只说了一句："能说的都已经说了。"

医院距离望苑只有几公里，路上并没有耗费太长时间。一点半就赶到了医院，但是大厅的长椅已是拥挤不堪，坐满了几十名患者。

父亲发着高烧，而且疑似患有肺炎，于是我恳求前台的女员工，看能不能让父亲在哪里躺一躺。等候了大约二十分钟，终于在急救室找到了一张简易床铺。我抱起父亲，轻轻地把他放在床上躺好，然后给他盖上毯子，父亲马上闭上眼睛。不一会儿过来了一个护士，"来，测个体温"，说着便把体温计夹在了父亲腋下。然而等了十分钟，又等了十分钟，二十分钟过去了也不见护士回来。我叫住路过的其他护士帮忙取出体温计。"都三十八度六了，麻烦您叫一下医生。"我哀求道。

"您稍等片刻。"护士说道，然后记录了体温，脚步匆匆地走了。

这里虽说是急救室，但其实也是通向里面诊室的过道。屋门开开关关，出来进去的医生护士都要从父亲的床边路过。每次有人经过，大厅嘈杂的声音都会破门而入，吓得父亲静开眼睛。简易床铺只有五十厘米宽，翻身都翻不了。

就这样无人问津地等待了一个小时。我担心在这里等候错过了叫号，便去前台询问。

"还没轮到我们吗？"前台女员工的表情像是被吓了一跳，但也只是面带歉意地说了一句"盛田先生的情况已经告诉医生了，但是今天的人实在是太多了"。

我坐在父亲旁边的折椅上，用钢笔在自带的笔记本上写起了书评，然而急救室里护士们来来往往，我根本静不下心，思路一片混乱。思索片刻，我决定用手机来写。

我在读完的单行本原著里贴了很多标签。把之前从原著里挑选的可以引用到书评里的内容，编辑为手机邮件，然后逐一发送到我的家用电脑。因为我用的不是智能机，而是翻盖手机，屏幕非常小，无法通篇浏览。引用部分编辑完毕后，接着逐条编辑有价值的评论观点，每编辑二百字左右就发送到电脑，这样回家以后就可以把这些素材融合成一篇文章。我怕自己工作的时候太入神，错过了父亲的号，还好几次跑去前台确认，然而就诊队伍几乎没有任何进展。

等叫到父亲名字的时候，已经四点多了。等待了将近三个小时。结果，医生只是扫了一眼望苑提供的资料，用听诊器在父亲胸前比画了一下，前后不到一分钟，这就是所谓的"就诊"。

"去二楼验血验尿，输液，然后再拍个肺部的X光片。"

医生留下这一句话，就回到了里面的诊室。

我心想你早点告诉我们的话，排队的时间就足够我们去验血拍片子了。但想来跟医生争辩这个也是白费时间。

我让父亲坐上轮椅，乘电梯上二楼。这里同

样要排队。在迟迟不见进展的队伍里排队验血，胳膊插上输液管，然后推着输液架走进厕所。

"要验尿。"我说罢，父亲依然呆坐在轮椅上，无动于衷。

我没办法，只得脱下父亲的裤子，褪下内裤。父亲把住软塌塌的阴茎，我弯着腰，将纸杯对准，可是等了许久也不见有尿。正要放弃，尿滴答答地淌了出来。但是量太少了。我尝试着轻轻按压父亲的小肚子，结果尿液喷射而出，温热的尿液溅到了我的手背上。

拍完 X 光片，父亲插着输液管回到一楼，这时才发现急救室的床上已经躺上了其他患者。我央求护士再找一张床，然而护士只丢下一句"不凑巧，都满了"便转身离去。

我也不知道为什么一定要用恳求的语气，"轮椅太不舒服了，请您帮我父亲找个能躺下的地方吧"，就这样拼命地求爷爷告奶奶，经过十五分钟的等待，父亲终于躺在了诊室的一张空床上。有类似于卧铺车厢的那种帘子，可以遮挡床铺。

输液要输两个小时。没有人指点我到底是先看医生，还是要等输液结束。我叫住路过的护士，向她请教。护士回答说："您已经在二楼抽过血了吧？出结果差不多要俩小时，拿到结果再去回诊。"

眼瞅着就到五点了。父亲已然入睡，我走出狭小的房间返回大厅。由于自己没吃午饭，便想去便利店买个三明治，可是只见外面正下着冰冷的雨。心想我也没有带伞，就不去了，这时忽然看见妻子从大门走了进来。她是提前下班赶过来的。

我叫上妻子回到父亲身边。父亲用一边的胳膊支撑着想要起身。

"没事的，您快躺好吧，输着液呢。"

父亲平躺在床上，用怨恨的眼神看着输液管，问道："晚饭还没好吗？"

"挺好的，还想吃东西。"妻子说着，手扶着药袋，审视着标签上的药剂内容。

"不吃饭的话又有人要絮叨了。"父亲小声嘀咕。

"这里是医院的诊室，又不是望苑，没有晚饭。"

父亲一脸惊讶，片刻之后又昏昏欲睡。

这时手机响了。我走到大厅接电话。是望苑的员工。

"人多得很，检查结果还没出来。"我说。

"这样啊，您辛苦了。检查结果出来以后，烦请您来个电话。我们需要向夜班交代一下。"

员工说完就要挂断电话。

"您请等一下。诊断结果是无须住院的话，八点多我就能把父亲送回去，假如稍微晚一点，也是可以的吧？"

"盛田先生，指南已经写得很清楚了，发烧期间我们是不接收的。"

"什么？"我提高音量，想要说点什么，但却张口结舌。

"总之诊断之后我会给你打电话的。"说完我挂断了电话。

万一无须住院，那可如何是好……我把通话内容告诉妻子，妻子也变了脸色，不知道该说些什么，一时间冷了场。

六点过后，大厅暗淡下来。为了节约用电，医院熄灭了一半的灯光。诊疗五点半结束，但是长椅上依然有几位患者在等待叫号。

医院里的扬声器播报患者的姓名，大概每隔十分钟叫一位。直到最后一位患者进入诊室，大厅里空无一人，只剩我和妻子两人。

"盛田先生，久等了。"护士叫到父亲时，刚好七点整。

我和妻子一起走进诊室。

"盛田先生得了肺炎。我把药开了，如果两三天后烧还不退，您再过来。那样可能就要住院了。"

医生始终面对电脑，没有往我和妻子这里看一眼。

"医生，"我说道，"老人保健机构说发烧期间不接收。再不能住院的话，就只能回家了。可是现在外面下着雨，我父亲高烧三十八度六，晚上这么冷，还要让他到外面去，我担心他会烧得更厉害。能不能让他住院呢？"

"刚才不是说了吗，如果两三天后烧还不退，您再过来。"

医生往电子病历里录入信息，又重复了一遍刚才的话。

"您这是什么意思？是没有空床位吗？我父亲高烧三十八度六，我怕他淋雨之后会烧得更厉害。"

我向前探了探身子，又重复了一遍。

医生不再敲打电脑，用手指按摩了一会儿因疲劳而塌陷的眼皮，终于转过来面对我们。

"是这样的。这个时间住院手续已经停止办理了，明早九点再办住院，可以吧？我们还可以在那之前把盛田先生住院的准备工作做好。"

妻子无可奈何地看着我，但我就是不服气。

"医生，我又要重复一遍了，我们一直在排队，等了足足六个小时才走进这间诊室。又不是没有床位。明明有空床位啊。为什么今天，为什么眼下就不让住院呢？"

雨没有要停的意思，绝对不能让父亲淋着雨去爬公寓外面的那四层楼梯。如果今晚不能住院，就只能把父亲送回他自己家。铺床让父亲躺下，然后马上回家拿电脑，一边陪着父亲，一边写书评。由于父亲家没有网络，所以第二天一早还要赶回自己家，把文稿发给出版社，然后再返回父亲家，在九点前把父亲送到医院。

我直勾勾地盯着医生的脸，与此同时脑海里梳理着各种情况。

"好吧。等一下办个临时住院手续。明早九点您再去办正式的住院手续。"

医生说道，似乎是熬不住了，叫来护士嘱咐了几句。

"麻烦您了。"我鞠躬致谢，走出诊室，马上拨通望苑的电话，把父亲要住院的大致情况告诉了值夜班的员工。

"明白了，请多多保重身体。"说罢，员工停顿了一下，又接着说道：

"请您在两天或三天之内来取走您房间里的物品。"

"什么？这是什么意思？"我惊讶地问道。

"入住者一经住院，就相当于暂时退房了。"

闻所未闻。保险起见，我又问道：

"那个，出院以后还可以再次入住吧？"

"短期住院的话应该是可以的，但我只是个护工……今后的安排还请您联系护理顾问。"

"短期"具体指的是多少天？住院期间，能否继续向望苑支付房费以便保住房间？本想多问两句，但等着我的恐怕还是那句话，"请您联系护理顾问"。

"我会在周六或周日去取行李。"说完我便挂了电话。

病房的床铺应该已经收拾妥当。护士用轮椅把父亲送去病房。

在灯光昏暗的大厅等了一会儿，另一个护士拿来了住院申请等全套文件，"请您按照说明填写，明早送到办理处。中午开始就可以在医院就餐了。"说完便匆匆离去。

"原来如此，"妻子小声说道，"这个时间晚饭早就没有了，因为正式的住院手续没办完，所以明早也没有饭吃。"

于是我和妻子去超市买了可吸食果冻、酸奶和香蕉，来到了父亲的病房。这是一个四人间，其他三个病友都已经睡了。

"明早九点我再来，这些东西您要是饿了就吃点，到中午才能吃上医院的饭。"

我在父亲耳边小声说道。父亲微微点点头，或许还不知道自己已经因为肺炎住院了。明早睁开眼发现这里不是望苑，还不一定有多慌张呢。再看父亲，已经开始打盹了。

走出病房，才想起来父亲住院的事还没有告诉护理专员森见。明早首先要联系森见，同他商量出院后再次入住望苑的相关事宜。在收费处交了包括初诊费在内的医药费之后，收费处窗口的灯也熄灭了。医院正门早已关闭。在护士的指点下，我从便门离开了医院。

住院一周后，父亲又开始问："喂，啥时候能回去？"

本以为父亲问的是他什么时候能回自己的家，

结果并非如此。

"望苑的饭可香了，还能洗澡。"父亲说道。

我深切地感觉到，在不知不觉之间，望苑成了父亲心中的家……

"顺利的话，再有一周就能出院了。不过，一定要好好吃饭补充营养，不然就要多住些日子。"我说道。

父亲无可奈何地抄起筷子，夹一块煮鱼，吃着茶碗里的饭。因为父亲夹菜不稳，而且咀嚼的时候嘴里也往下漏饭，所以不一会儿前襟就沾满了饭渍。

等父亲吃完，我对父亲说："来，换一下衣服吧。"

为了保障病号的隐私，四张床的周围都悬挂了"门"字形的帘子。拉上帘子，就能避免被同屋的人看到。

我让父亲高举双手，给他脱掉睡衣，随后把

裤子拉到膝盖，顿时一股恶臭扑鼻而来。圆领衫的领口一圈被污垢和汗渍完全浸渍成了黄色，衬裤上是成片的尿渍，犹如一张老地图。

小心翼翼地脱掉衬裤，内裤更是不堪入目。从肛门到大腿内侧，遍布着黢黑黏稠的大便，在干燥松弛的皮肤上结了一层又一层。我不由自主地捂住鼻子，强忍着作呕的感觉，用了好几张湿巾才擦掉了屁股上的污垢，然后给父亲换上了新的内裤。或许是羞于与我对视，父亲把脸别向一旁。

我给父亲换上刚洗过的内衣和睡衣，然后问道："感觉怎么样，舒服多了吧？"

"不错，是舒服。"父亲躺在床上回答道。

住院时曾告诉我说要备好换洗衣物，因而我全套备齐，就放在壁橱，可是我不明白为什么没有换。难道因为这里不是护理机构，护士就不给父亲更换衣服了吗？虽然想不通，但是这个时候我已是筋疲力尽，连去护士站询问一句的力气都没有了。

是大小便失禁，还是方便以后忘了擦？既然能够独立走到厕所，独立方便，那为什么任凭内裤上都是屎尿也不换一条呢？老年痴呆症已经严重到这个地步了吗？对于父亲目前的身体状况，我一无所知。

我用两层超市的塑料袋兜住脏内裤和用过的湿巾，扎紧袋口，然后走出病房。卫生间洗手池的下方有一个塑料垃圾箱。我打开箱盖把塑料袋扔进去，然后用卫生间提供的肥皂仔细洗了洗手。

父亲已经在医院住了十六天了，而不幸中的万幸，这段时间恰逢忙碌的年节，没有人入住单间。于是父亲得以顺利返回望苑。

不过在父亲住院期间，发生了一件让他悲伤不已的事情。

"走了。拍 X 光片的时候，走了。"

父亲反复念叨着这句话。

"谁走了？"问他，他也不回答。

"是他把这个东西放在这儿的。"

父亲用手指捏着一只纸鹤，抽抽搭搭地说道。

父亲出院回到护理机构之后，他房间的桌子上悄然出现了一只纸鹤。我以为是员工放在那里的装饰物，就没怎么在意，然而当我拿在手里一看，这才发现纸鹤的翅膀上用红色铅笔写着"永别了"。

我在乾护工空闲的时候，向她问起这只纸鹤。

原来是在父亲住院期间，那位交好的朋友下仓先生离开了望苑。

"下仓先生拼尽全力为盛田先生折的。"乾护工说着把纸鹤递给父亲，父亲哭得涕泗横流。

"下仓先生是生病住院了吗？"我问道。由于涉及入住者的个人隐私，不能说得太详细，铺垫过后，乾护工小声告诉我说：

"他搬到提供临终关怀护理的机构去了。"

临终关怀护理，是一种逝世之前的护理，目的是尽可能地缓解人在临终前的痛苦。我一时语塞，沉默地点点头。

"拍 X 光片的时候，走了。"

从那以后，每次我去望苑，父亲都会念叨这句话。

"爸，您确实在医院拍过 X 光片，但是您可是因为肺炎在医院住了十六天呢。"

"住院……"父亲重复着我的话。

想不起来了吗？话到嘴边我又咽了回去。

"您看啊，您的邻床是个八十多岁的大伯，里面靠窗的床位是个四十岁上下的男人，他老婆总是陪着他。"

"噢，噢。"父亲点点头，"想起来了。确实是因为肺炎住院了。人也不见得是我拍 X 光片的时候走的啊。"

"爸，您跟下仓先生的关系真是好啊。"

"他去钟表店当学徒，吃住在雇主家里，干活可辛苦了。老伴死了，女儿嫁人了，就剩他孤零零一个人，可怜呐。"

"看来您二位聊得很投缘啊。"

我由衷地称赞他们的友谊，而父亲则怔怔地凝视着自己的手，依次做出剪刀石头布的手势，猛然间聊起了别的事。

"镰田也死了啊。之前开出租的。"

"他也是您的朋友吗？"

"经常一起去河边。"

"原来是钓友。那是什么时候的事了？"

"我想想啊，镰田死的时候，隆二还没出生呢。"

"什么呀，这事少说也得有五十年了。那位镰田君很年轻的时候就去世了。"

父亲一副不可思议的表情。他双手指尖两两相抵，合成一个球形，然后两个拇指开始缓缓地相互绕转。这是下午茶时间要做的手指运动。右手拇指转动后，接着转动左手拇指，然后换食指。转动食指的时候，其他两两相抵的手指不能分开。父亲一边转，一边嘟囔道："不，不对。"

父亲闭门不出的时间越来越长。老人们大多都在大厅看电视，或者是与合得来的伙伴说笑聊天，父亲却总是无所事事地坐在床边，茫然地望着窗外。

一天，趁父亲在厕所方便，我姑且算是问心无愧地翻开了父亲的日记本。

"凌晨，小雨""隆二来了""早晨，大便只有一点""和护士散步"……本子里零零散散的都是这种只有一行的日记。不错嘛，至少还有力气写日记，我欣慰地翻着，突然一行字映入眼帘。

"我爱小乾。"

我慌忙合上日记本，心怦怦直跳。

乾护工曾经告诉我说，我把母亲年轻时的影集拿到望苑的时候，父亲激动地看了整整一天，但那又是另一回事了，难不成父亲眼下还有这份心思吗？回家以后我把这件事告诉了妻子。

"这叫什么事啊，"妻子说道，"我觉得咱爸也不像那种人呀。难道返老还童了？"

"你说的返老还童，指的是青春期？"

我问道。妻子点了点头。

"嗯，不是没有可能哎。"

父亲返老还童，做儿子的固然痛苦，但如果当真如妻子所言，这行"我爱小乾"的铅笔字只是父亲天真无邪的情感表达，那么对我也是一次心灵的洗礼。倘若爱人之心能够伴随年龄增长，抛却种种算计变得纯洁无瑕，那么人们对于年华逝去也会萌生几许期待。

然而，父亲对乾护工的感情，或许并不像我和妻子所猜测的那样。

那天我像往常一样来到望苑，敲敲门，喊了一声"爸"，但却无人回应，房子里空无一人。应该是刚起床不久，床铺还残留着身体的轮廓，父亲却不知去向。

尽管普通楼层与老年痴呆症楼层相比，入住者在机构内的活动更加自由，但是也不能随意走出机构，而且父亲也不可能只身一人跑去其他楼层。我急忙返回大厅，向乾护工询问。

"我父亲不见了，您知道他可能到哪里去了吗？"

她微笑着说："天气好的时候，盛田先生经常会去露台。"

"不在那里，露台、卫生间我都找过了。"

"可能去了您平时看不见的地方。"

乾护工说着走进父亲的房间，用手指了指纱窗。

"看来确实是到外面去了。"

刚才我竟然没发现纱窗敞开着一条缝，窗帘随风摇曳。

我走到露台才恍然大悟。因为父亲的房间位于整楼栋的拐角处，所以不仅有纱窗的南侧有露台，从屋里看是死角的西侧同样有一块露台。由于那里是通向紧急出口的逃生通道，平时人迹罕至。

父亲扶着通道的扶手，正出神地眺望着田园风光。他沐浴着从树枝间倾泻而下的阳光，嘴还一动一动地，不知道在干什么。

我蹑手蹑脚地走上前去，就在要叫父亲的时候，我迟疑了。因为我发现他嘴动，并不像我刚才想的那样是在吃剩下的下午茶。

父亲正在热情地对着什么人说话。虽然声音很小，听不清楚，但明显不是自言自语。父亲的脸微微仰起，正兴高采烈地和半空中一个看不见的人交谈。

唔，唔。听到对方的话，父亲连连点头，咻

味地笑着，随后又把手掌立在耳朵后面，像个少女似的歪着头，你说什么，我听不见。

第一次看见父亲这样。我不由得背过脸去，仿佛是看见了什么不该看见的东西。但是我也不能老是躲着。

"爸，您在这儿呢。"尽管还没弄清是怎么回事，我还是打了一声招呼。

父亲吓了一跳，一瞬间眉头紧锁，凶巴巴地瞪着我，不过他的表情很快就恢复了平静。用了两三秒钟的时间，认出眼前这人是自己的儿子。

"您跟谁说话呢？"

我小心翼翼地问道。父亲满面春风，难为情似的挠挠头。

难道父亲已经出现了幻听幻觉等老年痴呆症的症状？那天临走的时候，我忧心忡忡地找到乾护工，向她讲述了父亲在露台兴高采烈地和不存在的人交谈的事情。

"嗯，嗯，我知道了。"乾护工说着，扑哧一笑。

"我经常碰见。这段时间，盛田先生总是对着窗户说话。'吃不吃寿司？要不还是吃猪排饭吧？'很多很多。"

"那这就是老年痴呆症的症状了吧……"

"您不要这么想。他一定是在和夫人说话。声音既温柔又很稳重，我听了也感到很幸福。"

感到幸福。我在心里默念着。

"是的，盛田先生与其他入住者相比，非常健康，精气神也很足。"

的确，父亲只是轻度的老年痴呆症。虽然时常忘了吃饭，同一件事问完就忘、忘了又问，但是他能独立排泄，也从来不乱吃东西。

"三楼老年痴呆症楼层的护工也都很不容易吧？"我问道。

"是的，不过老年痴呆症患者在心情不好的时候也很少大吵大闹，他们虽然渐渐丧失了智力，但是此消彼长，他们对生活的感知要比常人更加细腻丰富。感到高兴，他们就会真诚地表达内心的快乐；得到表扬、被他人善待，他们也会毫无保留地表达喜悦之情。而这也在不经意间抚慰了照顾他们的员工的心灵……他们每个人的智力水平确实不及从前，但是人生七八十年积蓄的自信和光荣始终未变。"

乾护工说着，脸上露出了恬静的微笑。

这一刻，我仿佛明白了父亲为什么会在日记里写下"我爱小乾"。能够得到这样一位境界如此之高的护工的精心照料，我深切地感受到，父亲同样是一位幸福的人。正当我想要向乾护工表示感谢的时候，大厅里忽然响起了《致爱丽丝》。每当入住者按动房间的呼叫器，大厅里与之相连的装置就会播放这个曲调。

"我先走了，再会。"乾护工欠身施礼，然后快步向门牌号亮灯的房间走去。

【第七章】

从肠梗阻到胃造瘘，
直至临终关怀护理的父亲

前面写的，基本都是父亲入住望苑之后一年内的生活经历。倘若按照这个节奏写下去，恐怕几百页也写不完。

因为此后的九年间，父亲一直断断续续地在望苑接受护理，直到因心力衰竭而去世。在此期间，妹妹五次出院又五次住院，父亲都要与之同进退，或是入住护理机构，或是回家与妹妹相伴，无一例外。每一次都要仰仗护理专员森见出手相助，而我则是一次又一次地度过不眠之夜。

每逢要带妹妹去医院复诊的早晨，在开车前

往父亲家的路上，我都会暗暗向上苍祷告，希望妹妹可以老老实实地跟我去医院。

出院之后不消俩月，妹妹必然就会吵嚷着不去医院。

"我一喝药手脚就发抖。我试着早上和中午都没喝，果然就不抖了。不过到了晚上身体就动弹不得了。所以没办法，只能喝一次。我不想这一辈子都是个药罐子。我又没做什么坏事，为什么要这样对我？喝了那么多药也没见好，而且手脚发抖的副作用还越来越严重。再喝药的话，身体就要被搞坏了。反正我不想去什么医院了。"妹妹牢骚不断。

所以在每个复诊日的早晨，我都不得不重复同一段话。

"纪子，你看啊，患有重症心脏病的患者只要一天不吃药，就会有生命危险。道理是一样的。如果不吃药，你的病同样性命攸关。算我求你了，跟我上车去医院，好不好？只要坚持喝医生开的药，就能回归正常生活了。可以去买东西，爱吃什么就做什么。要是一天不喝，身体就动不了了。喝药嘛，又不是什么麻烦事。为了以后的生活，眼下只能将就一下。你不是也想在家和咱爸一起好好地过日子嘛。你要是住院了，咱爸自己照顾不了自己，就又要去望苑托人照顾。望苑要是没

有空房间，我还要拜托森见去找别的机构。"

"你的意思是，为了爸，我必须得喝药？"

"我可没有这么说。你不喝药，就还得去住院。你喜欢住院吗？咱们就是开车一起去一趟医院，纪子，我求求你跟我去医院好不好？"

经常是打躬作揖才能劝得动妹妹，有些时候也会声色俱厉地强行把她拖上车。还有好几次，车开到父亲家门口，才发现妹妹早已经自己打车去医院了。

"你一大早跑来干啥？"父亲一脸不解。

"今天不是要去医院嘛，我来接纪子啊，爸，您不知道吗？"

"噢，对对对。纪子啊，前脚刚走，自己打车去医院了。"

我肚子里火往上蹿，但转念一想，算了，她能自己去医院，也算是个好事。

"那我回去了。"我向父亲道别。"这叫啥事，刚来就走，到底干啥来的？这毛毛躁躁的臭小子。"父亲苦笑着说道。

诸事不利，却也消磨了我的脾气。

此外，我担心妹妹给父亲做一日三餐负担太重，就把父亲的晚餐委托给了配餐公司。前文也提到过。

但是，一方面是妹妹抱怨说和父亲两个人在家感觉很压抑，另一方面，对于父亲而言，住在望苑的时候每天还有固定的娱乐和步行训练的时间，如今在沙发里一坐就是一天，慢慢地连站着小便都成问题了。

于是我与森见商量之后，决定利用望苑的日托护理，每周去三次。有面包车上午九点到家门口把人接走，下午五点再送回到家门口。日托护理的项目包括午饭、洗澡、娱乐以及步行训练、康复训练，与望苑的入住者基本相同。

这样妹妹从早晨把父亲送上车到傍晚之前的这段时间里，也可以随心所欲地外出，不必看父亲脸色。尽管父亲嘴上抱怨为什么一定要去护理机构，时而还会在面包车来接他的时候给出一个"今天诸事繁忙，脱不开身，去不了了"的荒唐理由，在家偷一天懒，但是我觉得每周三次在望苑的日托护理还是让他重拾了生活的节奏，也延缓了老年痴呆症的发展。

虽然复诊日我能想方设法地把妹妹弄去医院，但是如果她本人不肯喝药，那我真的是束手无策。

"隆二，坏事了！全完了！"

一天我突然接到了父亲的电话，开口便是这句。

"纪子不行了！"

我飞车赶到父亲家，只见妹妹倒在铺上。手脚，甚至脸上的肌肉都已经僵硬。再掀开被子，一股屎尿的臭气扑鼻而来。

其实在第三次住院期间，妹妹就已经出现腰腿无力、无法站立的情况，去不了卫生间，一度在病床上大小便失禁。这种症状被称为"药源性帕金森病综合征"，是抗精神病药造成的副作用，其症状有很多，包括手脚发抖、身体僵直、迈步困难、走路时猛然前扑等，与帕金森病十分相似。

妹妹表现出来的症状比其他综合失调症患者更为严重，因此在女医生的指点下，妹妹前往大学医院的脑神经科就诊。这里给出的诊断结果是妹妹不仅患有综合失调症，而且还得了帕金森病。

这种疾病存在一定的遗传关联性，但是由于

遗传发病的患者仅占全体的百分之十，为了区别于普通帕金森病，这种疾病被称为家族性帕金森病。从姥姥到母亲，再到妹妹，祖孙三代都是易感体质。

经历了这些事，妹妹在第三次出院后便自己去买了纸尿裤穿。

"能不能喝药？"妹妹毫无反应。

我先打119叫了救护车，接着拨通医院的电话，说明了妹妹的情况，并且拜托医院提前准备，一会儿救护车就会把人送去。这一系列措施我已经是驾轻就熟了。

万幸大小便还没有从纸尿裤里漏出来。我虽然不想给护士添麻烦，但面对妹妹脏兮兮的屁股，想擦我也下不去手。于是我又给她穿上了三层新的纸尿裤，这才觉得没有那么臭了。换完纸尿裤，救护车也到了。妹妹被用担架抬上了救护车，我也跟着上了车，心想这次又要请森见帮忙了。

三番五次的突发情况渐渐让我身心俱疲，而最让我心烦意乱的是父亲的被害妄想症。

那件事发生在妹妹第四次出院后，妹妹和父亲两人同时回到家中生活期间。

收到邮局的通知，说是父亲的定期存款到期了，我便去取了出来，然后我拿着两百万日元的现金去父亲家同他商量。

"这些钱倒是可以继续存在银行，但是每个月还要去取生活费，太麻烦了，不如就放在您书桌的抽屉里吧。"

那段时间每两个月我都会从父亲的账户里取出十五万日元，用信封装好，放在客厅的桌子上。妹妹去买东西就从那里拿钱。

"这么多钱，我可不敢放在家里，还是存到银行去吧。"父亲说。

于是我就先把二百万拿回了自己家，结果第二天，父亲又打来电话说，那二百万还是想放在身边。虽然还没有存上，但是我嫌麻烦，就骗父亲说我已经存到银行了。父亲说那他也就放心了，随后挂断了电话。然而没过三十分钟他又打来电话，还是说要把钱放在身边。

"我不是说了嘛，二百万我存进银行了。"

"啊，这样啊。"

如此反复几次之后，父亲又换了新的说法。

"喂，隆二，我想买个新的储物柜，你给我拿五十万过来吧。"

"什么储物柜？怎么突然要买这个？"

"我收拾屋子来着，清理出一大堆东西，所以我想着要是有个储物柜就方便多了。"

"爸，您说您买个储物柜打算放在院子哪里？院子里也放不下啊。"

话音刚落，父亲便挂断了电话。

随后父亲便再没来过电话。可是还没等我松口气，第二天居然是警察给我打了电话过来。据说是父亲打110报警，说自己的钱被儿子偷了。然而当警察上门向父亲了解情况时，父亲却怒气冲冲地对警察说他从来没打过报警电话。

"真是抱歉。可能是老年痴呆症引发的被害妄想。"我解释道。

"情况我们了解清楚了。还请多保重身体。"警察关切地说。

不久我患上了失眠症，并且食不下咽。我并不是不喜欢吃妻子做的菜，就着兑水稀释的烧酒，多少还能吞下去一些看上去还算可口的蔬菜。随着酒意渐浓，下巴周围僵硬的感觉消失，就可以吃一点鱼肉了，但是其他肉类和油腻的食物根本碰不得。

碰不得的不只有肉，还有文字和影像。不论是平日里边边角角一字不落的报纸，还是刊登了心仪作家短篇小说的杂志，统统没有阅读的欲望，甚至只要有文字进入视线，就会让我心烦意乱。

影像也是一样。一天晚饭后，妻子播放租来的 DVD。这是一部好莱坞明星主演的科幻悬疑片。我也茫茫然地跟着看，但是没有一个情节、一句台词能给我留下印象。这部除了喧哗还是喧哗、与我毫无关系的电影，仿佛只是远方世界一片恍恍惚惚的影子。

妻子回屋睡觉之后，我为了入睡，一个劲儿地喝着烧酒。可是不管喝多少，我就是没有睡意，待我回过神来，已经是凌晨三点。我摇摇晃晃地倒在床上，翻来覆去就是睡不着。耳畔渐渐响起了喑哑的说话声，太阳穴冷汗直冒。

我只好起床，继续喝酒。喝着喝着便烂醉如泥，天旋地转，两腿打战，瘫在床上，可依然无法入睡。此时天色泛白，胃里又翻江倒海一般疼痛难忍。走进卫生间，蹲在便池上方，中指插进喉咙，把胃液勾了出来。痛感方才有所缓解，黏稠的眼垢又混着泪水，从眼眶喷涌而出。

就这样我睁着双眼迎来了第二天的早晨。无论是坐在书桌前，还是躺在床上，我都片刻不得安宁，随时有可能被难以名状的焦虑压得粉身碎骨。

我忍无可忍，冲出家门，在沿河小路散步。心想一边欣赏着生机勃勃的樱花花苞，一边在风中徜徉，或许能够让自己的心情平静下来。可是，淤塞在胸口的焦虑始终不肯退去。

幼儿园的孩子们在女幼教的带领下，从马路对面走来，几个小孩子坐在一辆大婴儿车里，大班则排成两队。不算宽阔的马路足以让我们对向而行，不过我还是下意识地向路边闪避，站在那里一动不动。在我的感觉里，幼儿园的孩子们似乎是径直向我扑将过来。

我绷着脸，等候孩子们从身边通过，心里却是惊恐万状。于是，当天我便去精神内科就诊了。

听完我对病情的叙述，医生只说了句"你这

是压力太大了",给我开了两种抗抑郁药,疗程十四天。

第一次吃药的时候胆战心惊,因为医生说,服药以后有些人反而会神经过敏,出现焦虑不安的症状。虽然这种症状仅限于服用初期,可难免让人心中打鼓。

我坐在药房的长椅上,提心吊胆地把两种药各吃了一片。果不其然,没有任何变化。我怀揣着焦虑的心情步行回家,然而就在半路,我不由自主地"啊"了一声。

我只觉得后脑处一阵发麻,脖子猛地向后一抻,随即发现郁积在胸口的焦虑不安烟消云散了。药效的确惊人,只是这种强力疗法明显是通过麻痹人的大脑,强行抑制住了心慌意乱的情绪。

我只要看见文字就心跳加速。这种状态根本无法进行文学创作。工作也都放在了一边,连载中的小说也暂时停载。

三个月后，这种抑郁症状才有所好转，晚上也能入睡了，但是真正战胜病魔的不是抗抑郁药，而是药引子——妻子出现了严重的腰痛。一想到父亲、妹妹，如今再加上我的妻子，都指望我来照顾，抑郁症什么的就算不上借口了。

那天，我气喘吁吁地把饱受腰痛折磨、几乎动弹不得的妻子，从公寓四楼的家里一步一步背下了楼，想办法让她坐进车里，然后驶向整形外科医院。

去诊室问诊，然后拍了 X 光片。医生一边轻轻按压妻子腰部和脚腕，一边询问妻子"这里疼不疼"，而后面向我说道：

"脚腕发麻、脚冷，都是血流障碍所致。从 X 光片来看，应该不是椎间盘突出，可能是血管方面的疾病。"

"血、血管疾病？"我战战兢兢地问道。

"是的，有可能是血管瘤。"医生小声说道，然后在病历上写了些什么。

我想问问有没有可能是恶性肿瘤，但却因为害怕没有问出口。医生写了一张市内最大一家综合医院的对口科室的转诊单，让我们去做核磁共振检查。

"听医生说，是血管疾病？"妻子问。

我点点头，没有说话，让妻子坐上车，驶向综合医院。早饭后虽吃过了抗抑郁药，但却毫无作用。焦虑感向上翻涌，压迫着胸口，握着方向盘的手顿时沁出汗来。心脏剧烈跳动，眼前时不时一片模糊。眉头紧皱，死死盯着挡风玻璃。至今想来，依然历历在目。

医院里人头攒动，混乱不堪，仿佛是一座战地医院。十一点挂号，一直等到下午两点多才叫到名字。可能是因为长时间坐在一把小助力椅上，妻子腰更疼了，站都站不起来。我把手插到妻子肋下，把她架进了诊室。

"哪里不舒服？"医生问，但眼睛并没有离开整形外科医院的转诊单。

妻子说明了疼痛的地方，医生却小声嘀咕道：

"如果是血管问题，要去血管外科，找我又没用。"

我顿时心头火起，提高嗓门说道："是你们让我们来这里做核磁共振的。"

医生没吱声，按了按妻子大脚趾的趾根，确认疼痛的位置，然后问妻子："核磁共振检查能给你约到周一十一点的，到时候你有时间吧？"而后只说了句"给你开点止疼药吧"，就起身离开了。

候诊足足三小时，就诊短短五分钟。我虽然火往上冒，但其实更担心的是自己焦虑的症状会再次发作。我交了费，在药房取了止疼药并当场给妻子服下，自己也喝了抗抑郁药。

回到家里，我把妻子扶进卧室，帮她换了衣服、穿上睡裤，让她在床上躺下。止疼药的药效显现出来，疼痛稍有缓和，但是只要腰腿一使劲，还是疼得钻心。之后四天，我不但要负责一日三餐（号称是做饭，但只不过是焖米饭，以及把从超市买来的成品菜摆在餐桌上罢了）、洗衣服、清理浴缸之类的家务活，还要为妻子加油打气，鼓励她在病榻上与疼痛战斗到底。终于，到了核磁共振检查的那天。

在医院停车场，我把妻子挪到借来的轮椅上，推着轮椅前往检查室。妻子的腰疼非但没有好转，反而一天比一天加重。

检查医生准时出现，推着妻子进入了检查室。检查大约需要二十分钟。我坐在长椅上，闭上眼睛。妻子担心的是不知道还要多久才能上班，而我更是心急如焚，万一妻子就此再也站不起来了，该怎么办？

不一会儿，检查室的门打开了，妻子出来了，眼睛里含满了泪水。我问妻子是不是很疼，妻子说医生要求平躺着十分钟静止不动，但是剧烈的疼痛几乎让她昏死过去。妻子性格坚强，作为一名女性，她的忍耐力让我望尘莫及，如果连她都这样，疼痛之剧烈可想而知。

一个小时以后，医生端详了一会儿核磁共振的片子，然后开口说道：

"应该是极外侧型椎间盘突出。这一型的突出十分罕见，核磁共振也几乎拍不出来。位于椎间盘中间的髓核突出，从而引发了疼痛。百分之三的患者需要做手术。手术难度很大。创口很大，因而风险也很高。"

"有没有其他的治疗方法？"我问道。

"可以采用神经根注射治疗。这个领域比较特殊，我们医院做不了。我可以给您介绍专门的医疗机构，但是同样存在大出血和感染的风险。"

我把目光投向妻子，左思右想也不知道如何是好。

"要不换种药，再观察观察？"医生说道，"如果能够有效抑制疼痛，就可以等待其自行康复，这也是个办法。突出的部位也会自行复原。"

我和妻子对视一眼，说道："就用这个办法吧。"

"如果不能动，可以住院一周。"医生说道。

这就是所谓的"社会性住院"吧，我心想。从医疗角度而言没有住院的必要，但是住院可以缓解患者家属在生活上的压力，也相当于一种护理手段。

"不必了，我来照顾，就不用住院了。"

迟疑了片刻之后，我这样说道。妻子惊讶地看着我。

"那我给您开些药效更强的药，之前的药就不要再吃了。周五复诊，能来吧？"

"明白。如果太疼，可不可以周五之前就过来？"

保险起见我多问了一句，医生回答说"没有

问题"。

　　我之所以向医生表态说我照顾，一部分原因可能是我害怕妻子住院以后，自己独守空房会导致抑郁症愈发严重。当然，我也想竭尽所能地照顾好父亲、妹妹和妻子。至于那一刻哪个原因占据上风，我自己也说不清楚。

　　从医院回到家，我煮了两人份的乌冬面。这碗只放了葱和鸡蛋的乌冬面，妻子却直夸美味，吃了个精光，然后进卧室躺下，我给她上了止痛栓剂。因为药性很强，所以每天只能用一次。

　　很快妻子的脸颊上渗出了一层细密的汗珠。我返回厨房，沾湿毛巾，然后拧干，裹上保鲜膜在打火灶上加热。用这种方法做了一条消毒热毛巾，然后回到卧室递给妻子。妻子把毛巾敷在脸上，不一会儿便露出了笑容。

　　"哎呀，真舒服。谢谢你。"

　　"一条热毛巾而已，有什么可谢的。"

我调侃一句，走出卧室。然后打开冰箱，对照冰箱里的食品，列了一份清单，又回到卧室。

　　"只有这些东西，你看晚饭做什么好？"

　　"有洋葱和牛五花肉，做牛肉盖饭怎么样？"妻子看着清单说。

　　"好，那就牛肉盖饭。"

　　"你会做吗？"

　　"我可以上网查。"

　　我在书房的电脑上比对了几个烹饪方法，然后前往超市。

　　我买了网上推荐做法里提到的魔芋粉，买了餐包、酸奶、香蕉，作为之后几天的早餐，又买了午餐用的乌冬面和油炸什锦，另外谷中生姜看上去很是美味，于是也被我放进了篮子里。

　　我拎着塑料袋走在回家的路上，忽然惊讶地发现街边的寻常风景，居然在我眼中焕发出了新的光彩。这不单单是抗抑郁药的功效，还因为我和这个包围着我的世界之间的隔阂已经涣然冰释，一直郁积在我胸口那无可名状的焦虑不安也云消雾散。

回到家，卧室传来妻子的鼾声。妻子沉睡不醒，不禁让人有几分担心，快到晚上八点的时候，她终于睁开了眼睛。"与其说是抑制疼痛，不如说是麻醉身体强制睡眠。"妻子说着坐起身，左脚小心翼翼地落在地板上。

"之前脚一沾地就疼得不得了，这会儿已经没有那么疼了。"

啊，太好了！我打心眼里高兴。

晚餐是加了溏心蛋的牛肉盖饭，用谷中生姜做的酸甜口酱菜，以及用冰箱里的芹菜、西红柿和干酪做成的沙拉。每道菜都棒极了，妻子称赞道。

就这样在照顾妻子的过程中，我自己的抑郁症也渐渐好转。也许没有了自怜自艾的余暇，反而更易于心灵归于宁静吧。没想到，只是不再那样执着地纠结自己的问题，不再沉溺于抑郁症的心结，便能够卸下几多精神的负担。

或许也可以叫作"放下自我"吧。不要把发条上得太紧，适当地放下自我，然后轻装启程。

"你的痛苦来自于你的执着。"

当我的精神坠入谷底时，这句话突然浮现在我的脑海之中，我怕忘了，便写在纸上，用磁铁贴在冰箱门上。

"什么呀这是？"妻子一脸诧异。只要放弃，就不再会有痛苦。但是我不想轻易放弃。我把这种犹疑不定的心境化作这一句"你的痛苦来自于你的执着"，把它发到推特上以后，引发了很多粉丝的共鸣。

然而来来回回地去医院治了两个月，妻子的腰疼依然没有痊愈，于是我们决定在大学医院接受神经根注射治疗。每隔两周，我就要开车带妻子去大学医院。最后，用了将近半年的时间，腰疼才完全治好，而在这段时间里，我也彻底摆脱了抑郁症的困扰，并且得以重新开始撰写停载的长篇小说。

许久以来抗抑郁药就像一块护身符，出门时我都要把它放在包里，但自此我便告别了它，时至今日都再也没有吃过。不过那段经历，却让我对人脆弱的心灵有了深切的体会。

再回到陪护父亲的故事。那是在我的抑郁症痊愈的次年深秋，父亲已经九十岁了。

妹妹向我告状，说父亲跑到街坊四邻那里控诉她不给他做饭。

这时妹妹已经出院回家，父亲也离开了老人保健机构，两人住在一起，但是父亲基本上每天都要去保健机构接受日托护理。由于日托护理仅限工作日，所以节假日都由妹妹做饭，可是每次吃完饭过不了一个小时，父亲就会大发雷霆："今天从早晨开始我就饿着肚子。不给我做饭吃！"

当我向父亲问起此事，父亲却说这都是纪子的幻觉，他没说过那些话。我也不知道应该相信谁。

一天傍晚，很久没有来过电话的望苑忽然直接打给了我。电话那边说，父亲没有吃日托护理的午餐。人没有发烧，脸色也还好，可就是一口也不吃。

我马上赶往父亲家。刚过六点，父亲却已经进被窝了。妹妹在旁边吃着配餐公司送来的父亲的便当。说是父亲不吃，怕浪费了。

"肚子疼吗？感觉怎么样？"我问。"没事，睡一觉就好了。"父亲答道。

于是我便先回家了。第二天中午我又来到父亲家，父亲还裹着被子。我看他用手捂着肚子，就问他疼不疼，他只是说没事。

我又问妹妹，果然父亲从昨天开始就水米未进。我去便利店买了能量饮料，想让父亲多少喝一点，但父亲只是抿了一小口，就说不要了。

这时我才注意到父亲的状态非同寻常。从昨天开始已经超过二十四小时没有吸收过一点水分，连能量饮料也不喝，这种情况恐怕是要进行紧急治疗。我连忙叫了救护车。

我把情况告诉赶来的急救队员，对方脸色一变，问我哪家医院有熟悉父亲情况的医生。然而住院部并没有熟悉的医生，于是我拜托他们把父亲送到以前住院治疗肺炎的综合医院。父亲被抬上担架，送上了救护车，我让妹妹留下看家，自己也跳上救护车，联系了护理专员森见。

父亲的病是肠梗阻。只能采用持续输液的方法治疗，等待梗阻通畅。肠梗阻这个病三周左右即可痊愈，但是父亲在输液期间，别说是一勺米汤，就连水都喝不下去。

我只能眼睁睁地看着父亲的身体机能迅速衰退。森见联系了市里的同事，在医院的一间病房重新评估了父亲的护理等级。结果是最严重的"需要护理者5级"。

第二天，医生把我叫到医院，强烈建议胃造瘘。

也就是在腹部打开一个小孔，在胃里插入一根管子，直接输入营养液。使用胃造瘘管这种生命维持装置，确实可以延长生命，但是我觉得这对于时日无多的父亲而言绝不是一件好事。

"如果不做胃造瘘，我父亲会怎么样？"我问。

"仅凭输液的营养是不够的。挺不过一个月。"医生很肯定地说道。

"我明白了。但是胃造瘘确实很难让人接受。我想和妻子商量一下，可不可以给我们一天的考虑时间？"

我坦诚地表达了自己的想法，医生却一下子避开了我的目光，并没有回应我的话。

"这样吧，你先看个片子。"

我无可奈何地回到父亲的病房，护士在枕边

的电视里插入一张 DVD。"影片大概十分钟，看完以后您再叫我。"说完便离开了。

这部影片讲述的是患者在胃造瘘之后体力逐渐恢复，一个月后就可以开口进食，又过了一个月进行步行康复训练，然后痊愈出院的过程。而且影片里的患者已经八十五岁了。

当然，这只是一个患者奇迹般迅速康复的个例，不具备普遍意义，但是这种奇迹能够给家属带来一线希望。看完影片，我拒绝胃造瘘、让父亲顺其自然的意志动摇了。方才还表示要考虑一天，但结果是当下就同意了胃造瘘。

可是没过多久，我就后悔了。胃造瘘之后，父亲的皮肤很快便重现光泽，但是由于卧床不起，老年痴呆症愈发严重，原本性格沉稳的父亲像是变了一个人，变得暴躁易怒。

而且因为此前父亲说话就已经有些词不达意，出于无奈，做胃造瘘手术之前并没有征得父亲的同意。这更是让我追悔莫及。

　　护士一天几次为父亲更换纸尿裤，端屎端尿，脸上从来没有过一丝嫌弃。然而父亲却冲着这样的护士大吼大叫："不是说了吗，你弄疼我了！你给我轻点！"父亲不仅吓到了同住四人间的其他患者，还扬手打到了护士的脸，于是只能把他绑在病床上。

　　"爸，护士人真的不错，一直都很和气的。您就别闹了。"

　　我平心静气地说着，父亲却一句话也不说，像一只凶猛的野兽似的，只是恶狠狠地瞪着我，发出呜呜的低吼声。老年痴呆症迅速恶化，导致他性情也变得狂躁，而且很快便开始出现幻听。

　　那天我去医院探望父亲。我问他："爸，感觉怎么样？"

　　"你、比赛、输了。"父亲断断续续地说道。

　　"什么？什么比赛？"我又问。

"比赛输了，你小子。"父亲直直地盯着我的眼睛，又重复了一遍。

这是意识模糊造成的幻觉。我明白，可心里还是难受。

胃造瘘一周后，父亲的状态稳定下来，医生又把我叫了过去。

"一周以后就可以出院了。您可以去找找能接收您父亲的地方了。"医生说道。

父亲的治疗过程确实已经结束了，但医生的口气仿佛是在说，无利可图的病人还请趁早走人。

望苑之前一直都不提供临终关怀护理。本想与森见商量换一家护理机构，但其实从父亲入住望苑的那天算起，已经过去很久了，在这段时间里，院长都已经换了两位，护理机构的经营方针也随之调整，开始提供临终关怀护理。

就这样，父亲再次回到望苑。由于医院提供

的档案里还记录着父亲因为向护士施暴而被捆绑的内容，我心想在这里父亲有可能还会被如此对待，护工也表示"请您理解"，但事实证明这是我杞人忧天。

与在医院里患者像走马灯一样换个不停的四人病房截然不同，父亲一住进这里宁静且光照充足的单间，马上就安静下来，在医院里那种凶神恶煞的样子也不见了。

刚入住的时候，之前照顾过父亲很长时间的护工们他一个也认不出来，一周以后，父亲逐渐能认出乾护工。

然而又过了两周，入住一个月的父亲渐渐对人的话音失去了反应，关节也僵硬了，只是用空洞的眼神望着天花板。

开口进食，是人还存活于世的证明。如果一日三餐是向胃里输营养液、每一次小便大便都要换一次纸尿裤，这种纯粹为了延长生命的状态，哪里还有什么人的尊严可言。

这种延长生命的行为就是在折磨父亲，我发自心底后悔不已，可是拆掉胃管，又意味着要结束父亲的生命。我陷入了两难的境地。

二月十六日是父亲的生日。"爸，您今天九十一岁了呢，您这一辈子不容易啊。"我唤着父亲，父亲没有反应。但是握住他的手，还能感觉到微弱的力量。日日夜夜，父亲都在忍受着卧床引发的褥疮的疼痛，忍受着吸痰的痛苦。在樱花初绽的三月的一个早晨，饱受高烧煎熬的父亲停止了呼吸。

享年九十一岁。对一些人而言，如此长寿既是一种福分，却又让死亡变成了一份艰辛的工作。我沉思着送别父亲。

父亲的遗容很安详，甚至有些英俊。得知是乾护工为我父亲化的妆，我便问她，为死者化妆是否也是护工的工作。

"盛田先生是唯一一个。我想亲自送送他。"乾护工回答说。

据说是在照顾父亲之余，她利用休息时间去葬仪师培训班学习了化妆。能够在生命的最后时刻遇到这样一位亲切善良的护工，我为父亲感到幸福，对乾护工则是感激不尽。

父亲去世以后，我才发现，原来我对父亲一无所知。父亲在世时我们几乎没有聊天的机会。父亲二十一岁参军入伍，作为一名通信兵踏上了中国大陆，他有没有遭遇过敌军？战争结束三年后他才从上海返回故乡，这三年里他又经历了什么？直至生命最后一刻，父亲都没有讲过，而我也从未问过。

最让我后悔的事，是我从来都不知道，究竟父亲想要怎样了此一生。当然，在陪护期间，突然毫不避讳地问父亲想要怎样告别人世，也并不合适。

一百〇四岁的日野原重明医生曾对小学生们说过这样一句话：

"总有一天你会明白，把自己的时间奉献给他人，就是珍惜生命。在那之前，你要把时间花在自己身上。"

陪护父亲，让年过半百的我终于体悟到了这句话的意义。

[尾声]

　　葬礼仅有亲属参加。自从父亲因肠梗阻住院后，妹妹也一直住在医院里。因为她没能见到父亲最后一面，所以我想至少也要让她来参加葬礼。我抱着妹妹要穿的礼服和鞋子来医院给她换上，然后用轮椅推着她来到殡仪馆。

　　诵经、烧香、火葬、拾骨、斋饭。结束以后，我开车把妹妹送回医院，然后和妻子两人把骨灰、遗像和原木牌位拿回家，把这些东西轻轻地摆放在和式房间角落里一座已经提前预备好的纯黑台子上，最后互道一声辛苦。真是漫长的一天。

几天后，我和妻子前往父亲家，整理父亲的遗物，在那里我终于体会到了父亲痛苦的心情。

收拾父亲房间的书法角时，我们发现了一捆和纸，上面用毛笔写满了密密麻麻的蝇头小字。随手翻开一看，顿时大吃一惊。原来上面是父亲抄写的般若心经。每个字都写得格外细心。粗略算了算，多达三百张。每一张两百七十六个字，都是从"摩诃般若波罗蜜多心经"开始，到"般若心经"结束。

仔细一看，每张纸的左下角还有铅笔小字，写的是日期。最早的一张是平成八年三月八日。按照日期顺序向后翻，进入平成十三年之后，数量骤然增加，仅这一年就写了差不多两百四十张。再看到最后一个日期，我恍然大悟。平成十四年一月十五日。那一天正好是母亲去世的一周前。

我虽然不明白父亲为什么从平成八年开始抄经，但是平成十三年以后父亲抄写般若心经，显然是在祈祷，希望母亲快点康复。

以前我也见过父亲练字，哪怕字没写错，但只要写得不如意，他就会从头再写。想必这些般若心经也是如此。算上中途重写的数量，更是不计其数。

母亲去世以后，父亲再也没有研过墨，也没有动过笔。当初看见那块丢弃在院子里的天然石砚台，我默然无语，而此刻一种不同于彼时的滋味涌上心头，泪水在我的脸上肆意流淌。

昭和二十年四月，十四岁的母亲独自一人从枥木县的农村来到东京，就读于新宿的护士培训学校。仅仅一个月后，B-29轰炸机就实施了东京大轰炸，造成十万人死亡，一百万人流离失所。

面对着化为焦土的东京，十四岁的母亲会做何感想。如今想想都觉得揪心。可是，虽然出身贫苦农家、无法进入中学读书的母亲，惶惶不安地在举目无亲的东京过着孤苦无依的生活，她也从未放弃过当初选择护士这条道路的坚定信念。因为在此后的半个世纪，母亲始终没有离开过护士这个岗位，将一生都奉献给了这份事业。

母亲对文学作品不感兴趣，但儿子的书却是例外。

下笔有如蜗行的儿子一年也写不了一本书，待到新作问世，母亲早已把旧作翻了一遍又一遍。她说她最喜欢我的处女作《街边儿童》。这部长篇作品以新宿为背景，讲述了一个家族三百年来的发展史，里面还提到了战败后的口号"光明从新宿开始"和在新宿的废墟中出现的黑市。

"你写这些的时候来问问我就好了。就在现在伊势丹的前面，有好多卖旧鞋的。我记得十六岁的时候，第一次领了工资，就在那里买了一双高跟鞋。红色高跟鞋。"

有一次，母亲读着儿子的小说，怀恋地讲起了往事。

"爸，如果当初我在写小说之前知道这些事的话，我妈一定会出现在我的处女作里，穿着红色高跟鞋昂首阔步地走在新宿街头，哼着当时流行的《苹果之歌》。现在想想，真是可惜啊。"

有一次我和父亲坐在洗衣房的长椅上，聊到了这件事。

父亲抽了一口烟，然后又很享受地喝着啤酒。

"爸，您那时候已经打完仗回来了吧？"

父亲易拉罐还凑在嘴边，像是吓了一跳似的瞪大眼睛。

"哪个时候？"

"昭和二十二年吧。我妈穿着高跟鞋走在新宿街头的时候。"

"昭和二十二年……"父亲说着，猛地浑身一震，大脑仿佛被按下了开关。有时，父亲的记忆会格外清晰。

"那会儿我在上海的复员运输船上。"

"那时候战争已经结束两年了吧？"

"是啊，我一直待在上海的复员船上。我和你妈认识是昭和二十五年，是三年以后的事了。"

原来如此，是昭和二十五年啊。我的思绪飞向了自己降生到这个世界的四年前的东京街头。

"我妈是在新宿的医院上班，您的单位是在大手町，对吧？那约会就是在新宿或者有乐町咯，看过电影吗？"

"唔，一起看过电影。电影可是看了不少嘞。《黄巾骑兵队》《蝴蝶梦》《卡门归乡》《乱世佳人》。"

"厉害呀，爸，您记得可真清楚啊。"

父亲连五分钟之前说过的事都想不起来，但是说起五十年前的事却是如数家珍。

"后来就是山手线了。"

"山手线是什么？"

"和你妈坐在一起，一圈，两圈……转啊转。"

"哈，那不就是坐电车嘛。"

　　我不由得笑了起来，父亲却眼角泛光，仿佛对往日的时光充满了怀念。

　　"可确实很开心啊。"

　　他用喑哑的嗓音说道，然后微微扬起脸，将易拉罐里的酒一饮而尽。

【后 记】

　　我想借此机会，赘述几句后话。父亲去世后的三年，妹妹一直住在精神病院，精神状态非常稳定，因而前不久已经正式出院，住进了市里的住宅型收费养老院。妹妹虽然只有五十来岁，但所患帕金森病属于特殊疾病，可以使用护理保险。妹妹的护理等级被评估为"需要护理者2级"。

　　住宅型收费养老院都是单人间，有配套家具和便于轮椅活动的无障碍机构，提供饮食和洗澡护理，如果提前申请，还可以在陪同下享受购物等活动的乐趣。对于妹妹而言，这里的环境与之前禁止外出的封闭病房相比，可谓是天壤之别。

入住者大多是耄耋之年的女性，妹妹是最年轻的一个，因此她就像是大家的女儿一样备受宠爱。虽然不排除妹妹再度精神失常、重回医院的可能性，但眼下她过得很安稳，我也能暂时放下心来。

此外，妹妹、父亲入住的老人护理保健机构以及曾照顾父亲的各位护理专员、护工等，凡是本书中出现的人名、地名，出于隐私考虑，均使用化名，还望海涵。

本书在双叶社的胜又真由美女士的大力支持和 OFFICE 风屋[1]的北山公路先生不辞辛劳的编辑下顺利问世，值此搁笔之际，衷心向两位表示感谢。

二〇一六年，初春三月
盛田隆二

1　日本一家出版公司。

图书在版编目（CIP）数据

父亲：一个儿子的陪护日记 /〔日〕盛田隆二著；
姚奕崴译. —上海：上海三联书店，2022.10
　　ISBN 978-7-5426-7737-2

　　Ⅰ. ①父… Ⅱ. ①盛… ②姚… Ⅲ. ①日记－作品集
－日本－现代 Ⅳ. ① I313.6

中国版本图书馆 CIP 数据核字（2022）第 114327 号

父亲：一个儿子的陪护日记

著　　　者 /〔日〕盛田隆二
译　　　者 / 姚奕崴
责任编辑 / 程　力
特约编辑 / 汤　成
装帧设计 / 鹏飞艺术
监　　制 / 姚　军
出版发行 / 上海三联书店
　　　　　（200030）中国上海市漕溪北路331号A座6楼
邮购电话 / 021-22895540
印　　刷 / 天津丰富彩艺印刷有限公司
版　　次 / 2022 年 10 月第 1 版
印　　次 / 2022 年 10 月第 1 次印刷
开　　本 / 787×1092　1/32
字　　数 / 60千字
印　　张 / 7.25

ISBN 978-7-5426-7737-2/I · 1771

定　价：32.80元

著作权合同登记号　图字：09-2022-0146 号